SEI MISTERI PER RUGGIERI

Lucrezia Riberi

Copyright © 2022 Lucrezia Riberi
Immagine di copertina: Luigi Riberi
Prima edizione: Dicembre 2022
Tutti i diritti riservati.

Codice ISBN: 9798365650671

Questa è un'opera di fantasia. Nomi, personaggi, avvenimenti e luoghi sono il frutto dell'immaginazione dell'autrice o usati in modo fittizio. Ogni somiglianza con persone esistenti o esistite e con le vicende narrate è puramente casuale.

Alle mie nonne che mi illuminano con il loro profondo e infinito amore

CARI LETTORI

Quando ho deciso di pubblicare anche delle indagini minori di Carlos Ruggieri, mi è venuto spontaneo paragonarle a un vassoio di pasticcini: brevi e sfiziose da divorare in un pomeriggio, proprio come un dolcetto. Da questo pensiero è nata l'idea di associare a ogni storia una ricetta che, tra l'altro, troverete citata nel testo stesso. Mi piace l'idea di immaginare che voi lettori, qualora lo desideriate, possiate calarvi ancora di più nel racconto e magari leggerlo proprio gustando una buona merenda. Per questa ragione, troverete prima di ogni episodio, la ricetta del dolcetto abbinato. Inutile dirvi che secondo Carlos Ruggieri il modo migliore per gustare questi spuntini è accompagnarli con una tazza di tè, rigorosamente bollente!

BUONA LETTURA!

SOMMARIO

MALEDETTA FORTUNA	1
UNA SCELTA DIFFICILE	41
ULTIMA CORSA	87
CHE FINE HA FATTO?	121
CHI HA UCCISO BRUNO?	159
LA SIGNORA DELLE STOFFE	197

MALEDETTA FORTUNA

SFOGLIATINE DI MELE

INGREDIENTI: 2 rotoli di pasta sfoglia, 2 mele piccole o 1 grande, 2 cucchiai di marmellata di albicocche, 1 manciata di pinoli, 1 cucchiaino di miele.

PROCEDIMENTO: tagliare le mele a tocchetti molto piccoli e condirle con la marmellata e i pinoli. Ricavare dei dischetti dalla pasta sfoglia e farcire metà di essi con un cucchiaio di mele. Richiudere con i dischetti restanti e sigillare per bene con le dita fino a ottenere una sorta di grosso raviolo tondo. Disporre le sfogliatine sulla teglia, incidere la pasta superiore con un coltello in modo da creare due taglietti e spennellare con il miele precedentemente diluito con due cucchiaini di acqua. Infornare a 180° forno statico per 25 minuti circa o comunque fino a doratura.

CAPITOLO 1

Da quando Sabrina si era trasferita a vivere con nonna Dora, capitava spesso che Ruggieri trascorresse del tempo a casa della sua assistente, ciò accadeva soprattutto quando il suo appartamento era preso d'assalto dalle amiche della moglie o dalle coetanee delle gemelline. Ecco perché quella domenica pomeriggio stava bevendo il tè nel salottino di nonna e nipote. Era riuscito a far appassionare anche Dora al rito legato a quell'ambrata bevanda, proprio lei che era un'amante incallita del caffè e che in tutta la sua vita aveva bevuto il tè solo durante i ricoveri in ospedale. L'anziana signora, che aveva sempre reputato quell'infuso semplice acqua tinta di giallo, ormai lo apprezzava in tutte le sue sfumature. Le pareva quasi una pozione magica in grado di trasformarla in una nobile inglese e questo la faceva divertire parecchio. Aveva preso come punto di riferimento la Regina d'Inghilterra e si era calata talmente tanto nel personaggio da acquistare una teiera in ceramica bianca, istoriata da fiorellini rosa, identica a quella vista in alcune fotografie di un giornalino in cui era stata riportata l'ultima intervista della Regina.

Quel pomeriggio, il salotto di Dora era al completo perché si erano appena accomodate le sue amiche che Ruggieri ormai conosceva molto bene. Alla sua destra sedeva Addolorata; quale genitore può scegliere per la propria figlia un nome di così cattivo auspicio? Nessuno tra loro, compresa la diretta interessata, era riuscito a trovare una risposta convincente. Minuta, ma un concentrato di energia, era sempre pronta a di-

re la sua. Aveva due occhietti grigi, un piccolo nasino e una folta chioma di capelli scuri. Era estremamente superstiziosa e, a quanto raccontava, le era stato tramandato dalla trisnonna il dono di leggere le carte, di riuscire a determinare il futuro grazie al moto del pendolo e di interpretare i fondi di caffè o di tè. Quell'ultima caratteristica, legata alla sua bevanda preferita, aveva convinto Carlos ad ascoltare più volte le lunghe chiacchiere di quella signora, raccontate con un'enfasi degna di lode, su ciò che le comunicavano le foglie di tè rimaste nella tazza. Ogni tanto, alcune di quelle predizioni si erano anche avvicinate in modo alquanto inquietante alla realtà, ma a questo Ruggieri preferiva non pensare.
'Certe doti solo il sangue le può trasmettere!' soleva ripetere Addolorata, enfatizzando tutte le parole.
Per questo motivo, era diventata amica, forse sarebbe più opportuno definirla una sorta di consulente, di Rosina, la moglie dell'investigatore che era alla ricerca costante di persone con quelle precise qualità.
Alla sua sinistra Lina stava mangiando un biscotto. Era decisamente rotonda, soprattutto a livello della pancia, ma la cosa non sembrava darle alcun fastidio. Era un tipo silenzioso, anche perché aveva sempre in bocca qualcosa da sgranocchiare, ma questo non le impediva di ascoltare e memorizzare ogni singola parola. Secondo Dora, Lina sapeva tutto di tutti e Carlos non stentava a crederlo. Per le amiche era una specie di vocabolario vivente: 'Ti ricordi quando è accaduto questo?' 'Come si chiamava quel tizio?' erano solo alcune delle domande che le rivolgevano e mai una volta Lina era stata trovata impreparata.
Infine c'era Filomena che, pur misurando solo un metro e sessantacinque di altezza, era una pertica rispetto alle altre. La più timorosa del gruppo, viveva con la

costante sensazione che qualcosa di brutto sarebbe accaduto e l'espressione di perenne dolore sul suo volto lo confermava ogni secondo. Ecco a chi sarebbe calzato a pennello il nome Addolorata. Era anche esageratamente ipocondriaca e, nonostante non avesse alcuna malattia, eccetto una leggera ipertensione, era sicura di avere un male misterioso che nessun medico era ancora riuscito a diagnosticare.

A pomeriggi alterni, le quattro signore si riunivano a casa di Dora, l'unica vedova fra tutte loro, per giocare a carte cosa che in realtà fungeva da banalissima copertura per il loro passatempo preferito: farsi gli affari di tutto il quartiere. Trascorrevano ogni singolo minuto a riferirsi le ultime novità e quel gruppetto, capitanato da Dora, la più impicciona e pettegola anziana che Ruggieri avesse mai conosciuto, riusciva sempre a scoprire tutto! Avevano i loro metodi, per nulla tecnologici e poco ortodossi, ma funzionavano. In diverse occasioni le quattro nonnine avevano cercato di coinvolgere Carlos e Sabrina nei loro intrighi. Vista la professione di Ruggieri, un investigatore privato di grande successo, non si lasciavano mai sfuggire nemmeno un'occasione per impressionarlo o sfidarlo. Dora, che tempo addietro, durante il suo ricovero in una casa di riposo, aveva svolto un'indagine con lui e con la nipote, se ne vantava quasi a ogni loro incontro, tanto che ormai tutte conoscevano a memoria quel caso e, sebbene mostrassero indifferenza, sotto sotto percepivano sempre un piccolo bruciore allo stomaco causato dall'invidia di non essere state al suo posto.

«Non credo che una faccenda simile possa interessare al nostro Carlos!» scherzò Filomena, mostrando a Ruggieri un sorriso a trentadue denti.

«Come sempre ti sbagli! L'ho visto nel fondo del suo

tè.» la punzecchiò Addolorata «Viene qui apposta per sentire i nostri discorsi, non è così?» gli chiese, mentre si girava verso di lui.
«È vero, con voi mi diverto.» ammise Ruggieri, intento a versarsi altro tè nella tazza, «Purché non vogliate coinvolgermi nei vostri piani, come quella volta in cui avrei dovuto fingermi un idraulico!» precisò, puntandole una alla volta con il suo sguardo.
Lina ridacchiò e, per poco, il biscotto che aveva in bocca non le andò di traverso. Ricordava bene quell'episodio in cui l'avevano pregato di entrare in casa della panettiera, travestito da idraulico, per indagare sul suo rapporto con il marito.
«Basta divagare, lasciate parlare Addolorata!» si intromise Dora, avida di informazioni.
Quando c'era di mezzo un pettegolezzo o una novità, l'anziana signora si trasformava. Dato il suo aspetto delicato e candido, dovuto anche da maglioncini color pastello, una collana di perle sempre al collo e capelli bianchi e soffici, nessuno avrebbe mai potuto immaginare quale caratterino si nascondesse sotto la superficie. Appena fiutava nell'aria una notizia interessante, il suo cervello inviava un messaggio a tutto il corpo e, in un baleno, da candido agnellino diveniva un leone bramoso di sapere.
"Muore dalla curiosità proprio come sua nipote!" pensò Carlos, divertito.
«Allora,» riprese Addolorata «ieri, quando sono andata a confessarmi, non che io abbia chissà quale peccato da rivelare a don Alberto,» ci tenne a sottolineare «ho inavvertitamente ascoltato parte della confessione di Paola!» concluse, con aria soddisfatta.
«È una vera fortuna che il prete della nostra parrocchia sia sordo.» commentò Dora, mentre le altre annuivano e si accostavano sempre di più ad Addolorata

per udire meglio, «Quindi, cos'hai sentito?»
«Ha parlato di...» breve pausa ad effetto «un uomo!» terminò con la voce che tremava per l'eccitazione.
Lina tossicchiò, un'altra briciola le era andata di traverso.
«Un uomo?» ripeté Filomena, stupefatta, «Alla sua età mi sembra una cosa strana, direi pericolosa.» commentò, a bassa voce.
Nessuna di loro sembrò capire perché frequentare un uomo alla loro età potesse essere considerato pericoloso, ma non ebbero tempo di indagare perché Addolorata proseguì:
«Non ha detto nulla di esplicito, purtroppo! Però, penso che si veda con qualcuno. L'ho sentita riferire a don Alberto di essere in difficoltà e di non sapere se era opportuno incontrare ancora, oppure no, questo Andrea. Se non erro, ha dichiarato di sentirsi in colpa nei confronti del marito defunto. Mi domando chi possa volerla una così!» affermò, infine, facendo una smorfia.
«Andrea... un nome molto comune, accidenti!» esclamò Lina che, non appena aveva udito quel nome, aveva iniziato a radunare le idee e a elencare gli Andrea che conoscevano, «Quello che gioca a bocce tutti i martedì, quello che sta sempre seduto al bar della piazza, quello che fa parte del coro e non me ne vengono in mente altri per il momento. Questi sono tutti e tre sposati!» concluse, inarcando il sopracciglio destro e riprendendo a mangiare.
Tutti la osservarono con ammirazione, ancora una volta aveva dimostrato di avere una memoria portentosa.
«Strano davvero...» rimuginò Dora «Paola non è proprio il tipo di donna da cui me lo sarei aspettato. Così devota al Signore, così legata al marito... che

strano! Pensare addirittura che possa frequentare un uomo sposato, mi sembra una vera eresia.» si voltò verso l'investigatore e gli chiese, sperando di coinvolgerlo, «Tu, Carlos, che idea ti sei fatto?»
Ruggieri posò la tazza sul tavolino posto tra i due divani e, con serenità, rispose:
«Che dovreste farvi gli affari vostri. Se fosse davvero vostra amica, ve lo avrebbe confidato, non credete?» e rise di gusto, consapevole che quella era una vera e propria utopia.
«Gli investigatori della televisione si interessano a casi come questi!» lo punzecchiò Addolorata, con un sorriso volutamente schivo ma malizioso, «Dovresti prendere esempio da loro. Sei troppo noioso.»
Sabrina osservò la reazione di Carlos che si finse indifferente. Lui e Addolorata si stuzzicavano in continuazione e lei li trovava molto buffi.
Come se Ruggieri non avesse detto nulla, tutte e quattro ripresero a parlare di quella storia con maggiore enfasi. Non avevano idea di chi potesse essere il fantomatico corteggiatore: dovevano assolutamente scoprirlo e per questo prepararono uno dei loro piani.

CAPITOLO II

Una settimana dopo, Carlos, la sua assistente e le quattro signore erano di nuovo seduti sugli stessi sofà, a bere il solito tè, a mangiare le buonissime sfogliatine di mele preparate da Dora, che erano la sua specialità, e soprattutto a spettegolare.
«Mi rattrista molto pensare che, solo pochi giorni fa, parlavamo di lei e adesso... non c'è più!» commentò Sabrina, con un velo di malinconia nella voce.
La giovane aveva appena appreso la triste notizia della scomparsa di Paola, l'anziana signora di cui avevano chiacchierato giusto la domenica precedente. Era deceduta quel venerdì e, sebbene non avesse avuto il modo di conoscerla, la sua dipartita l'aveva rattristata.
«Hai ragione, cara. Nessuno di noi poteva immaginarlo.» replicò Dora, accostandosi alla nipote e cingendole le spalle con un braccio.
«Ve l'avevo detto che frequentare un uomo a questa età può rivelarsi pericoloso, ma nessuno mi ha dato retta.» affermò Filomena, con il tono di chi non aspetta altro che rinfacciare una sua affermazione.
Addolorata alzò gli occhi al cielo e, sbuffando, rispose:
«Che sciocchezze! Paola è caduta dalla scala, cosa c'entra il fidanzato?» e, notando lo sguardo stupito delle altre, soggiunse: «Mentre venivo qui, ho incontrato Roberta. È stata lei a trovare il corpo di Paola e quindi ha potuto riferirmi tutti i dettagli.» bevve un sorso di tè solo per prolungare il suo momento di gloria, dato che era l'unica ad aver avuto un colloquio diretto con un testimone, «A quanto mi ha riferito, ha trovato Paola a terra, accanto alla scala, ma era troppo

tardi. Ha pensato che volesse cambiare le tende o pulire i vetri. Sicuramente ha avuto un giramento di testa...» terminò con un sospiro.
Lina appoggiò il piattino carico di dolcetti, gesto che fece voltare tutti verso di lei. L'anziana non posava mai un piatto ancora pieno e, se l'aveva fatto, era perché aveva qualcosa di urgente da comunicare, qualcosa che non poteva attendere.
«Era su una scala? Impossibile!» affermò, in tono sicuro, guardando il vuoto e riflettendo.
Gli occhi di tutte gridavano: 'Perché?'
«Vedete, sono assolutamente sicura che Paola soffrisse di vertigini.»
«Proprio come me.» precisò Filomena, che non perdeva mai occasione per ricordare alle altre quanto la vita fosse stata dura con lei.
Per tutta risposta, Lina sbuffò e riprese il filo del discorso:
«Ricordo che mi disse di non avere il coraggio di salire sulle scale e che, per evitare di doverlo fare, a volte pagava una ragazza per la pulizia di vetri e tende.» strizzò le palpebre e continuò: «Sì, sì, ne sono certa! Un giorno di qualche anno fa, mi raccontò che si era bruciata una lampadina in casa e che aveva chiamato un vicino per sostituirla.» e, dopo quell'informazione, afferrò nuovamente il suo piattino e riprese a mangiare con voracità.
Gli occhi delle anziane presero vita e brillarono talmente da sembrare stelle.
«Allora è stata assassinata!» esclamò Dora, consultando i volti di tutti, «Dobbiamo indagare!»
Sabrina si accorse che l'espressione dell'investigatore era mutata. Quando qualcosa attirava la sua attenzione, i lineamenti del volto si indurivano e gli occhi parevano diventare di un azzurro più freddo.

«Assolutamente!» concordò Addolorata «Domani, al funerale, dobbiamo vedere quale Andrea si presenterà. Sarà opportuno anche scoprire i nomi delle persone che non conosciamo.» disse, mentre guardava le amiche come un generale intento a dare istruzioni all'esercito prima di una battaglia.
«Verrò anch'io.» dichiarò Ruggieri, destabilizzandole tutte.
Lina smise di masticare per un istante, Dora mostrò un ampio sorriso, Filomena si portò una mano alla bocca per celare lo stupore e Addolorata esultò alzando il pollice all'insù.
«Sarà necessario che mi presentiate Roberta, la signora che ha ritrovato il corpo.» soggiunse Carlos.
«Vuoi interrogarla?» domandò Dora, con la voce di chi trattiene a stento l'entusiasmo.
L'investigatore fece un cenno con la mano volto a placare l'entusiasmo e proseguì:
«Procediamo con ordine e metodo. Diciamo che per il momento potremmo definirla una semplice chiacchierata più che un interrogatorio.» bevve un lungo sorso di tè e aggiunse: «Adesso descrivetemi Paola. Ho bisogno di conoscere a fondo la sua personalità.»
«Com'è eccitante, finalmente un po' d'azione!» commentò Addolorata, con la sua solita voce stridula.
Fu Dora a delineare il carattere della vittima. Avendo già lavorato con Ruggieri, si sentiva in dovere di mostrare alle altre che era già avvezza a quel tipo di pratica. Non era mica una novellina, lei! Parlò con un tono diverso dal solito, decisamente formale.
«Paola era una di quelle donne che pensano esclusivamente al dovere. Non si concedeva mai nulla. Usciva di casa solo per andare in chiesa o per svolgere commissioni. Era sempre seria e raramente l'ho vista ridere, anzi sorridere. Era rimasta vedova alcuni

anni fa e, da quel momento, le sue uscite si erano drasticamente ridotte, per non parlare dell'abbigliamento. Ha sempre evitato tutto ciò che era superfluo e, dopo la morte del marito, aveva deciso di indossare esclusivamente abiti neri. Credo che l'abbia fatto più per comodità che per il lutto.» inspirò con rapidità e, con il timore di essere interrotta dalle altre, concluse: «Non aveva molti amici. L'unica signora con cui andava abbastanza d'accordo era la sua vicina.»

«Non portava nessun gioiello, eccetto la fede. Li considerava un vanto peccaminoso!» si intromise Addolorata, sfoggiando i suoi meravigliosi anelli.

«È vero.» aggiunse Lina «Era anche ossessionata dalle regole. Ha contattato ben trentadue volte i Carabinieri per sporgere numerose denunce.» il fatto che la donna ricordasse il numero esatto non stupì nessuno dei presenti.

Carlos si passò una mano sulla barba nera e approfondì la questione: «Denunce in merito a cosa?»

La risposta di Lina non si fece attendere:

«Di tutto! Contro i vicini perché per il compleanno della figlia avevano tenuto la musica troppo alta, alcuni ragazzi che giocavano a pallone di fronte alla chiesa, un signore perché non aveva raccolto i bisogni del cane…»

Carlos la bloccò con una mano.

«Quindi non erano rivolte alla stessa persona?»

«No, generalmente no. Lei non sopportava l'illegalità ed era estremamente fiscale. Però, c'è una persona con cui si è scontrata in più occasioni: un certo Marco. Si tratta di un ragazzo di vent'anni che abita nel suo palazzo. Una specie di teppista che adorava provocarla.»

Carlos aveva socchiuso gli occhi per riflettere meglio

e, udendo quell'ultima informazione, annuì, confermando a tutte di essere sveglio.
«A differenza mia, era anche molto fortunata.» raccontò Filomena «Vinceva sempre a tutte le lotterie.»
«Quindi amava il gioco?»
«Sì, ma era moderata anche in quello. Si concedeva poche soddisfazioni. Partecipava alle lotterie della parrocchia e ad altri eventi simili.» specificò Dora.
«Quindi, se dovessi basarmi sulla vostra descrizione, sembra impossibile che avesse deciso di frequentare un uomo, giusto?»
Tutte loro annuirono con ampi movimenti della testa, rispondendo in coro: «Esatto!»
«Aveva figli o parenti vicini?»
«No, nessuno.» rispose Dora.
Ma Lina la corresse subito:
«Se vogliamo essere precisi, qui vive Tiziana, la sorella del marito defunto.»
«È vero!» esclamò subito l'anziana «Ma non credo che questo cambi la situazione. Se non erro...» disse, piuttosto esitante.
Subito, l'enciclopedia vivente intervenne in suo aiuto.
«Ricordi bene. Litigò molti anni fa con il fratello e da allora tagliarono in modo definitivo i contatti.»
Ruggieri annuì con interesse e passò al quesito successivo.
«Addolorata, quando hai ascoltato la confessione di Paola, eri da sola?»
L'anziana alzò gli occhi per riflettere.
«Sì, non c'era nessuno con me in quel momento. Siamo in pochi a confessarci.»
Alcuni minuti dopo quella chiacchierata, Sabrina, rimasta da sola con Carlos, ne approfittò per chiedergli come mai si fosse incuriosito per la morte di Paola. Non era abituata a vederlo interessato ai loro intrighi.

«Vedi, tua nonna e le sue amiche possono essere davvero impiccione, fantasiose e invadenti, ma ho imparato a conoscerle. Lina ha una memoria di ferro e non ha mai sbagliato nemmeno una volta.»

CAPITOLO III

Il giorno del funerale, le quattro anziane signore si fecero trovare sotto casa di Carlos con un quarto d'ora d'anticipo. I vestiti neri contrastavano con la luce negli occhi, sebbene tutte loro cercassero di mantenere un certo contegno. Appena videro Ruggieri e Sabrina, le loro bocche cedettero e si trasformarono in sorrisi smaglianti.
La cerimonia fu semplice, ma molto curata. Il prete conosceva la defunta e quindi ebbe nei suoi confronti parole lusinghiere e affettuose. I partecipanti erano pochi e questo rese più semplice il lavoro di Lina che riconobbe tutti, in particolare un solo Andrea. Si trattava dell'uomo che trascorreva i pomeriggi al bar. Aveva addirittura osato presentarsi con la moglie. Le quattro anziane lo squadrarono con ostilità e, subito dopo la messa, gli andarono incontro. Carlos le aveva messe in guardia di lasciar fare a lui, ma erano troppo testarde per accettarlo.
«Che disgrazia!» commentò Addolorata, penetrando con lo sguardo il presunto amante.
La moglie di Andrea le fissò con sospetto e rimase in silenzio ad ascoltare. Quelle quattro avevano la nomea di impiccione e, quando si avvicinavano a qualcuno, era meglio stare in allerta perché una frase sbagliata poteva generare un falso pettegolezzo che sarebbe presto rimbalzato di bocca in bocca.
«Veramente una cosa terribile.» rispose l'uomo, allargandosi il colletto della camicia con un dito.
Si sentiva fissato in modo inquietante, lo avevano messo a disagio e il color ciliegia delle guance ne era la prova. Era come se fosse appena stato accerchiato

da un branco di lupe affamate.
«Vi frequentavate spesso?» domandò Dora, mentre le altre tre allungavano il collo per sentire meglio la risposta. In realtà, la difficoltà di udito era una banalissima scusa per avvicinarsi e accerchiarlo in modo tale da farlo sentire all'angolo.
«Sì.» rispose la moglie di Andrea «Mi stava aiutando a ricamare il corredo per mia figlia.» spiegò, facendo così franare le loro supposizioni.
Le quattro curiose si spensero in un attimo e Carlos, dietro di loro, si lasciò sfuggire un sorriso ironico che aveva tutta l'aria di un 'Ve l'avevo detto di lasciar fare a me!'.
La coppia si allontanò e Ruggieri chiese loro di indicargli Roberta. La donna aveva appena finito di parlare con il prete e si stava dirigendo verso l'uscita della chiesa. Era alta, piuttosto in carne e con una faccia tonda e grossa, ampliata dal taglio corto dei capelli. Doveva avere cinquant'anni, ma ne dimostrava almeno una decina in più. Numerosi capelli grigi si nascondevano tra quelli castani, le sopracciglia erano folte e alcuni baffetti spuntavano sopra il labbro superiore.
Quando vide le quattro anziane avvicinarsi, le anticipò:
«Cosa volete sapere?»
La loro fama le precedeva. Roberta, esattamente come poco prima la moglie di Andrea, aveva subito intuito che il gruppetto non aveva buone e limpide intenzioni.
«Nulla, cara, non essere così precipitosa. Addolorata ci ha riferito che sei stata tu a trovare la povera Paola e volevamo sapere come stai. Dev'essere stato terribile... eravate così unite!» cercò di calmarla Dora.
"Perché mi sono confidata con quell'impicciona?" si

rimproverò Roberta "Tutta colpa dello spavento, ecco, in quel momento non ero lucida."
«Adesso sto meglio.» rispose in modo sbrigativo, poi, notando due volti a lei estranei, li guardò con aria interrogativa.
«Lei è mia nipote, Sabrina.» presentò Dora «Lui è Carlos Ruggieri, il famoso investigatore privato.»
Non ebbe nemmeno il tempo di terminare la frase che Roberta esclamò:
«Allora avevo ragione, sospettate qualcosa!»
Carlos decise di intervenire e fu un bene perché la donna cambiò repentinamente atteggiamento.
«Sì, lei ha proprio ragione. Qualcosa di strano c'è. Per questo vorremmo parlarle. Spero abbia voglia di aiutarci.»
Roberta rimase alcuni istanti immobile, come spiazzata da quella franchezza e dalla richiesta.
«Be', di lei mi fido, anche se temo che si stia sbagliando. È stata una vera tragedia e in questo non ci vedo nulla di anomalo.» affermò, osservando con gioia le facce delle quattro anziane che si erano subito rabbuiate, «Cosa vuole sapere?» gli chiese, con un tono piatto.
«Mi parli del giorno in cui ha trovato Paola.»
Roberta si schiarì la voce. Non era brava a parlare, aveva sempre avuto difficoltà a trovare le parole giuste, ma in quell'occasione non voleva fare brutta figura. Quindi, iniziò a raccontare lentamente per avere il tempo di riflettere sui vocaboli da utilizzare.
«Abito nell'appartamento di fronte a Paola. Eravamo amiche, lei si fidava di me perché sapeva che non sono una pettegola.» lanciò uno sguardo alle quattro donne per osservare con una punta di godimento, una seconda volta, le loro espressioni contrariate, «Capitava che andassimo a fare la spesa insieme, a volte

prendevamo il caffè nelle nostre case e, soprattutto, ci aiutavamo per le commissioni. Sa, è dura restare sole, senza i nostri mariti...» chinò il capo e sospirò «Insomma, in un modo o nell'altro, ci vedevamo tutti i giorni, anche solo per un rapido saluto. Invece, quel venerdì...» la voce le tremò «non ci eravamo incontrate. Ho provato a citofonarle per verificare che stesse bene, ma non ha riposto. Era insolito perché sapevo che alla sera non usciva mai. Cenava sempre alle sette in punto.» si bloccò di colpo, come se il ricordo fosse troppo duro o come se non riuscisse a trovare le parole giuste.
«Per questo motivo è andata a controllare, vero?» le suggerì Ruggieri.
«Sì, avevo un mazzo di chiavi del suo appartamento, in caso di necessità. Del resto anche lei ne aveva uno di casa mia. Quando sono entrata, era tutto buio. Ho iniziato a chiamarla, ho acceso la luce e l'ho trovata stesa a terra in salotto. Ho tentato di scuoterla, ma ormai era tutto inutile.» gli occhi le erano diventati umidi.
«Mi hanno detto che il corpo di Paola era accanto a una scala.» dichiarò Carlos.
Roberta annuì un paio di volte prima di riprendere il discorso.
«Sì. Poveretta, dev'essere scivolata. Alla sua età non avrebbe dovuto essere così incosciente.»
Addolorata non ne poteva più di stare in silenzio, soprattutto dopo quelle frecciatine, quindi affermò, decisa a dimostrare la loro intelligenza.
«Non ti è sembrato strano che fosse salita su una scala?» attese un attimo e, non ricevendo alcuna risposta, soggiunse: «Soffriva di vertigini.»
Il volto di Roberta sbiancò ed esclamò:
«Non ci avevo proprio pensato! Quindi credete che

qualcuno...» e lasciò la frase in sospeso visto che tutte loro stavano annuendo con ampi movimenti della testa.
«Ha ancora il mazzo di chiavi?» domandò Sabrina, generando l'ammirazione delle nonnine.
«No, non più, mi dispiace. Le ho consegnate a Tiziana. Era la cosa giusta da fare dato che la casa ora diventerà sua. Anzi è venuta lei a chiedermele. Pare abbia fretta di vendere.» bisbigliò, come se qualcuno potesse sentirla.
Sempre più coinvolta e motivata dalla soddisfazione appena provata, Sabrina le chiese:
«Paola aveva qualche nemico?»
«Forse più di uno.» replicò Roberta, un po' imbarazzata, «Non si dovrebbe parlare male dei defunti, ma Paola non aveva un carattere facile. A volte era troppo dura, perfino con me. Pretendeva che tutti rispettassero le leggi e le regole come faceva lei, ovvero senza il minimo sgarro. Era davvero intransigente e questo non l'ha resa l'abitante più amata nel quartiere. Però, se proprio devo farvi un nome, direi Marco. È il ragazzo che abita al pian terreno del nostro condominio. Un grandissimo maleducato! Spesso ha minacciato Paola di fargliela pagare o, come diceva lui, 'di tapparle quella maledetta boccaccia una volta per tutte'.» concluse, mentre le si accapponava la pelle.
«Dobbiamo assolutamente parlare con lui!» dichiarò Dora «Invece su Tiziana cosa puoi dirci? Andavano d'accordo? Rammento che anni fa litigarono in modo violento...»
Ormai le donne avevano preso il posto di Carlos e con disinvoltura formulavano le domande di loro iniziativa. E meno male che Ruggieri le aveva avvertite di limitarsi ad ascoltare!
«Oh sì, ricordi bene. Paola non ha mai voluto dirmi

cosa fosse accaduto di preciso. A quanto ho capito, la discussione fu tra il marito e Tiziana. Credo per una questione di soldi. Be', del resto, con il vizietto che la sorella aveva e che ha tutt'ora...» abbassò nuovamente la voce, guardandosi attorno per controllare che non ci fosse nessuno accanto a loro, e fece il gesto con la mano di portarsi una bottiglia alla bocca.
Addolorata vide con la coda dell'occhio Tiziana uscire dalla chiesa. Salutò rapidamente Roberta e, seguita da tutte le altre, si precipitò incontro alla donna. Ormai lei non aveva più nulla di interessante da riferire, era giusto andare avanti e non perdere il ritmo. Fremevano e non vedevano l'ora di proseguire con gli interrogatori: ormai Carlos era stato spodestato.
Le quattro signore conoscevano poco Tiziana. L'avevano vista di rado, ma se la ricordavano molto bene. Era impossibile dimenticarla! Aveva all'incirca sessant'anni, eppure continuava a vestirsi in modo un po' troppo giovanile. Anche il trucco era rimasto invariato per tutta la vita e gli ombretti colorati non erano mai spariti dal suo beauty case.
Persino in quell'occasione aveva optato per un abbigliamento troppo eccentrico e per un trucco più adatto a una festa in maschera che a un funerale.
«Volevamo farle le condoglianze.» disse Addolorata, porgendole la mano.
La donna le guardò con sospetto.
«Voi chi siete?» domandò, accendendo una sigaretta.
«Conoscevamo la povera Paola.» rispose Filomena, con un filo di voce.
L'anziana avrebbe voluto intervenire da tempo, ma Dora e Addolorata erano due fulmini e lei faticava a mantenere il ritmo. Al contrario, Lina non si faceva questi problemi: era concentrata ad ascoltare, a memorizzare e a masticare una caramella al miele.

«Eravate sue amiche. Vi ringrazio del pensiero.»
Il tono era cambiato, si era ammorbidito e tutte capirono di averla giudicata in modo troppo severo.
«Vede, volevamo anche chiederle un grandissimo piacere.» iniziò Dora, finalmente procedendo secondo il piano dell'investigatore, «Ho dimenticato a casa di Paola un paio di occhiali e vorrei poterli recuperare.»
«Certo, se volete, dopo la sepoltura possiamo andare direttamente nell'appartamento.» tirò una lunga boccata poi soffiò fuori una folata di fumo grigio che avvolse i visi di tutti.

CAPITOLO IV

Le quattro nonnine, Sabrina e Carlos stavano entrando nell'appartamento di Paola. La casa rappresentava alla perfezione la defunta. Colori scuri, tutto in ordine e pulito in modo maniacale. I mobili e i vari oggetti erano talmente lucidi che Sabrina riusciva a specchiarsi in essi. Nell'aria permeava un forte odore di naftalina. Le quattro anziane erano entrate in quell'alloggio pochissime volte, ma era tutto esattamente come lo ricordavano. Paola non aveva mai modificato la propria casa, si era limitata a mantenerla in ottimo stato.

Mentre Dora vagava alla ricerca degli occhiali, che naturalmente erano ben custoditi nella borsa, Addolorata non perdeva tempo.

«Cosa farà di questo bellissimo appartamento?» chiese a Tiziana.

«Pensavo di trasferirmi qui fino a quando non avrò trovato un acquirente.»

«Quindi vuole vendere?»

«Sì, richiede troppe spese.»

«Certo, sarà un dispiacere dover lasciare la casa di suo fratello.» commentò Addolorata.

E, come aveva sperato, toccò il tasto giusto. Il volto di Tiziana si contrasse e tutte le rughe sul suo viso divennero più profonde.

«Ha trovato gli occhiali?» urlò Tiziana, rivolta a Dora che, nel frattempo, era sparita nella camera da letto.

«Ancora un attimo, non ricordo proprio dove...» si sentì una vocina borbottare.

Tiziana andò in cucina per cercare da bere. Aprì la dispensa e prese una bottiglia di amaro alle erbe. Ver-

sò una generosa dose in un bicchiere e lo tracannò di gusto. Carlos era lì con lei e, mentre le quattro amiche e Sabrina si divertivano a girare per la casa come cani da tartufo alla ricerca dell'indizio schiacciante, lui poté iniziare a parlare con la donna. A sua volta prese un bicchiere e lo riempì con l'amaro.
«Non posso offrirle altro, Paola non beveva alcolici. Teneva questa bottiglia solo per gli ospiti.» si scusò Tiziana.
«Non si preoccupi. So che l'ha vista di recente. Come le è sembrata?»
La donna parve stupita da quell'affermazione ed esitò a rispondere.
«Direi bene.» rispose, mostrando tutta la sua incertezza, «Perché me lo chiede?»
«Perché nessuno di noi poteva immaginarsi un incidente simile.» spiegò lui con disinvoltura.
«In effetti l'ho pensato subito anch'io! Non mi capacitavo del fatto che Paola fosse salita su una scala, soffriva, fin da ragazza, di vertigini in modo impressionante. Purtroppo non lo sapremo mai.» e si scolò il bicchiere.
Prima che Carlos potesse proseguire, Dora entrò in cucina trionfante con gli occhiali in mano.
«Trovati! Possiamo togliere il disturbo. È stata davvero un angelo.»
Tiziana decise di rimanere in casa e tutti gli altri uscirono. Appena chiusa la porta, una voce maschile, alquanto rauca, urlò:
«Sei ancora tu! Adesso basta! Sono costretto a chiamare i Carabinieri.»
E videro un uomo, piuttosto corpulento, scendere di corsa le scale.
«Scusate, pensavo fosse un'altra persona.» si giustificò il tizio, appena notò il gruppetto di sconosciuti,

«Ho sentito dei rumori provenire dall'appartamento della povera Paola e ho creduto fosse di nuovo quel delinquente.»
«Quale delinquente?» chiese Dora, scambiando un'occhiata complice con la nipote.
«Marco! Abita in questo palazzo ed è un tipo poco raccomandabile. Alcuni giorni fa, l'ho sorpreso mentre tentava di forzare la porta dell'appartamento di Paola. Ho temuto potesse provarci ancora, magari con l'intenzione di rubare qualcosa.»
«Ricorda il giorno esatto?» domandò Carlos.
«Certo. Di solito non ho una buona memoria, ma in questo caso non posso proprio scordarlo. È stato venerdì, il giorno in cui Paola è mancata. Saranno state all'incirca le sei del pomeriggio, stavo salendo le scale e l'ho visto incollato alla porta di Paola. La sua reazione non ha lasciato spazio ad alcun dubbio: appena si è accorto della mia presenza, è scappato e mi ha dato un forte spintone! Per poco non sono caduto giù dalle scale.»

CAPITOLO V

Dopo aver provato invano a citofonare all'appartamento in cui abitava Marco, tutti quanti avevano deciso di tornare nell'alloggio di Dora e Sabrina. Le quattro anziane signore, la giovane e Carlos si erano seduti sui divanetti che nonna e nipote avevano posizionato nell'ingresso alla genovese, trasformandolo così in un salottino, e avevano ripreso a mangiare le solite e ormai amate sfogliatine di mele e a sorseggiare il tè. Ruggieri ne avvertiva un disperato bisogno e, non appena le sue labbra assaporarono la calda bevanda, si sentì rinascere. Per l'investigatore quell'ambrato liquido rappresentava il carburante del suo cervello. Lo aiutava a riflettere e a concentrarsi sui fatti.

«Guardate cos'ho trovato!» disse Dora, agitando un piccolo quaderno nero con la mano destra.

«Non dirmi che si tratta dell'agenda di Paola?» ribatté Addolorata, mentre sorrideva e scalpitava come una bambina.

L'altra annuì e Filomena intervenne subito:

«L'hai rubata! Santo Cielo! Potrebbero denunciarti.»

«Chi vuoi che la denunci!» sbottò Addolorata, gesticolando con le mani, «Aprila e leggi!» la esortò infine.

«Allora,» iniziò a dire Dora, sfogliando la piccola agenda, «Paola era molto precisa, segnava tutto in modo maniacale! Teneva il conto preciso delle spese, qui ha segnato tutte le entrate e le uscite, addirittura scriveva la nota dei caffè consumati al bar...» bisbigliò, scorrendo con l'indice i numeri, «Guardate qui! Ha scritto il nome Andrea e accanto la cifra di trecento euro!» esclamò, alzando la faccia per osservare le loro reazioni, «E qui c'è l'elenco delle denunce sporte nei confronti di Marco!» aggiunse, strabuzzando gli occhi.

Il giovane si era macchiato di molti reati e certamente le conseguenze erano state pesanti. Ed era molto probabile che queste dinamiche, in un carattere già instabile come il suo, avessero generato dei sentimenti di rancore.

Addolorata prese l'agenda e controllò personalmente, poi la passò alle altre che fecero lo stesso. Iniziarono a parlottare fra loro e a scambiarsi numerose occhiatine.

«Dobbiamo scoprire chi è questo Andrea e parlare con Marco!» esclamò Sabrina, passando l'agenda a Carlos.

«Esatto!» affermò la nonna, orgogliosa di avere una nipote piena di energia e di iniziativa.

Intanto, l'investigatore si era concentrato su una pagina dell'agenda e Lina, seduta accanto a lui, guardò incuriosita.

«È la data della morte del marito.» lo informò, indicando i numeri: 28, 3, 98.

Ruggieri annuì e continuò a fissare quei numeri. La data era stata scritta nel margine alto della pagina e, subito dopo, vi era un numero associato a ogni mese dell'anno. A gennaio corrispondeva il 93, a febbraio il 50, a marzo il 60, ad aprile di nuovo il 93, a maggio il 20 e a giugno, il mese corrente, non era ancora stato segnato alcun numero.

Sabrina, essendo l'assistente di Carlos da anni, riconobbe subito quello sguardo. Gli occhi di Ruggieri brillavano come due lapislazzuli e fissavano, come incantati, l'agenda. La giovane gli si accostò e consultò tutti quei numeri.

«Potrebbe essere un codice?» ipotizzò lei, passandosi una mano nei capelli corti e spettinandoli maggiormente.
«Non credo sia nulla del genere.»
Quella risposta fece perdere tutto l'interesse a Sabrina che, piena d'energia, si rivolse alle quattro anziane. In fondo, tra tutte quelle signore, era la vera investigatrice e, vista la staticità e i lunghi silenzi di Carlos, si sentiva in dovere di guidare il suo gruppo verso la vittoria.
«Che idea avete su questo caso?»
La prima a proporre la sua tesi fu la nonna.
«Secondo me è stato Marco. Avete visto le numerose denunce a suo carico? Alcune sono piuttosto gravi. Per me lui è l'unico ad avere un movente abbastanza forte per vendicarsi e anche il temperamento giusto per poter compiere un gesto simile. Inoltre, abbiamo un testimone che l'ha visto cercare di forzare la serratura della porta di Paola proprio il giorno in cui è morta.» pareva un avvocato in piena arringa.
Addolorata scosse il capo.
«Non sono d'accordo! Secondo me il colpevole è questo misterioso Andrea. Non so dirvi il movente preciso, ma quando ci sono di mezzo i soldi...» scosse la testa e chiuse gli occhi «Per il denaro sono tutti pronti a uccidere!»
Filomena, esitando come al solito, volle dire la sua:
«Per me è...» fece una pausa, come se volesse trovare un nome a cui nessuno aveva pensato per fare bella figura, «stata Tiziana!» esclamò «Avete visto quanta fretta ha di vendere la casa? Ecco il suo movente. Sempre una questione di denaro.» spiegò, senza ricevere gli applausi che aveva sperato.
Lina stava mangiando un biscotto e, per sprecare il minor tempo possibile, affermò rapidamente:

«Sono d'accordo con Dora.»
L'anziana, esultante per il voto ricevuto, chiese alla nipote:
«E tu, cara?»
«Anch'io la penso come te. Marco è il maggior sospettato. Grazie al mio lavoro, ho incontrato molti criminali e lui ha tutte le caratteristiche giuste. Ora dobbiamo solo farlo confessare.»
«Benissimo! La maggioranza vince. Oggi pomeriggio andremo a parlare con quel ragazzo.» stabilì Dora.
Tutte si erano dimenticate di Ruggieri. Era troppo tranquillo e silenzioso per i loro gusti. Avrebbero voluto più azione e un fiume incessante di parole, di ipotesi e di prove da esaminare. Invece, lui, nascosto dietro quella folta barba nera e ricciuta, stava tutto il tempo a rimuginare sorseggiando tè. Alcune iniziarono perfino a dubitare delle sue capacità. Ma Dora, ricordando lo strano metodo dell'uomo e desiderando che si riscattasse, intervenne:
«Carlos cosa ne pensi?»
«Non ho ancora un'idea precisa come la vostra. Ci sono parecchi *fatti* che non tornano.»
La risposta non fu soddisfacente per nessuna.
«Un'idea dovrai pur averla!» scavò a fondo Addolorata che, data la sua fama, si era immaginata un investigatore molto diverso da colui che aveva davanti.
«Le vostre teorie sono tutte valide e sensate.» le quattro signore si ringalluzzirono e si guardarono l'un l'altra con aria compiaciuta «Però, trovo sia presto per sbilanciarsi. La vittima era una donna precisa e, per questa ragione, desidero capire il significato anche di questi numeri. Potrebbero non voler dire nulla come l'esatto contrario.» rispose, mostrando loro la pagina con la data di morte del marito di Paola.

CAPITOLO VI

Dopo pranzo, uscirono tutti di casa e si diressero verso l'appartamento di Marco. Finalmente la madre del ragazzo aprì loro la porta.
«Cos'ha combinato questa volta?» fu la domanda che li accolse.
«Nulla, volevamo solo scambiare quattro chiacchiere con lui.» rispose Dora.
La donna li fece entrare e li accompagnò verso la stanza del giovane. Marco era disteso sul letto con le cuffie nelle orecchie. Il volume della musica era altissimo perché la madre dovette scuoterlo per avvisarlo della sua presenza.
«Che vuoi?» borbottò infastidito, senza nemmeno voltarsi.
La donna, sbuffando, gli tolse le cuffie, lo avvertì di avere delle visite e se ne andò il più in fretta possibile.
«Chi siete?» chiese il ragazzo, sedendosi sul letto e squadrandoli quasi con disgusto.
«Vorremo farti un paio di domande.» replicò Carlos.
«Se nemmeno vi conosco!» ribatté il giovane, alzandosi in piedi con aria minacciosa.
«Ti conviene stare calmo!» esclamò Ruggieri, in tono duro.
Le quattro anziane non erano abituate a quelle scene e, eccetto Filomena che si era nascosta dietro tutte loro, le altre osservavano lo scambio di battute con estremo interesse, quasi fossero davanti a un film d'azione.
«Sappiamo che hai provato a forzare la porta di Paola, perché?» continuò l'investigatore, senza giri di parole.

«Adesso basta! Vi conviene andarvene! A meno che non vogliate fare la fine di quella vecchia...» urlò Marco, alzando una mano per colpire Carlos.
Filomena si portò le mani al volto per coprirsi gli occhi, Addolorata si spinse in avanti come per difendere Ruggieri e Sabrina la fermò.
L'investigatore con un movimento rapido bloccò il braccio di Marco e gli intimò:
«Se non vuoi essere accusato di omicidio, ti conviene parlare. Dimmi tutto!»
La parola omicidio scosse il giovane.
«Non è stato un incidente?» chiese e, dopo che Carlos scosse il capo, continuò «È vero, ho provato a entrare nel suo appartamento, ma non ci sono riuscito perché un vecchio impiccione mi ha sorpreso. Comunque, volevo farle prendere uno spavento o rubare qualcosa. Doveva smetterla di rompermi le palle!»
«Invece sei entrato e l'hai spinta talmente forte che è morta sul colpo! Confessa!» urlò Dora, decisa a mostrare alla altre di avere ragione.
«No!» abbaiò il giovane «Adesso devo uscire. Lasciatemi in pace!» concluse, scansandoli tutti e allontanandosi a gran velocità.
La madre di Marco era stata per tutto il tempo a origliare dietro la porta. Era una donna alta e rinsecchita, con un naso affilato e labbra sottili.
«Mio figlio frequenta brutte compagnie ed è sicuramente un ragazzo difficile, ma non è un assassino!» protestò, fissando Carlos con i suoi piccoli occhi verdi, «Adesso è meglio che ve ne andiate anche voi.»
E così fecero.
«Per me è lui! Ci ha appena dato la conferma di essere un ragazzo incline alla violenza.» confermò Dora «Altrimenti non sarebbe scappato in quel modo.»
«Prima di stabilire un verdetto, voglio trovare An-

drea.» affermò Addolorata, decisa a mantenere fisso il suo pensiero.
Erano ancora sul pianerottolo e Ruggieri sorprese tutte loro:
«Venite con me, vi porto da Andrea.»
Tutte sgranarono tanto d'occhi e si zittirono. Solo quando lo videro salire le scale, gli domandarono in coro:
«Dove vai?»
«Vedrete.»
Carlos suonò all'ex appartamento di Paola e attese Tiziana. La donna li accolse in modo caloroso. Ruggieri, fermo sulla soglia, iniziò a parlare:
«Ho solo bisogno che risponda a un paio di domande.» la donna annuì. Pareva confusa, doveva aver bevuto parecchio e per reggersi in piedi si appoggiò allo stipite della porta, «Il suo secondo nome è Andrea, giusto?» chiese l'investigatore.
Tiziana rimase perplessa e rispose:
«Sì, era il nome della mia nonna materna. Perché le interessa?»
A quella risposta, le quattro anziane e Sabrina si scambiarono occhiate di stupore e ammirazione.
«Vede,» continuò Ruggieri, ignorando il quesito, «è molto importante per me sapere se Paola le ha prestato la cifra di trecento euro.»
Le mani di Tiziana iniziarono a tremare in modo vistoso.
«Avevo un disperato bisogno di soldi. Lei era l'ultima speranza e, per fortuna, ha voluto aiutarmi. Ma non capisco questo cosa c'entri.» spiegò con la voce vibrante a causa dell'alcool.
L'investigatore la ringraziò e le disse che presto avrebbe capito il motivo della loro chiacchierata.
Lei, barcollante e poco cosciente di quanto accaduto,

chiuse la porta alle sue spalle.
«Credo che nemmeno si ricorderà di averci parlato...» commentò Dora a bassa voce.

CAPITOLO VII

Carlos rimase volutamente in silenzio per tutto il tragitto e, del resto, nessuno osò fiatare. Le quattro anziane e Sabrina erano troppo concentrate nel tentativo di capire il ragionamento dell'investigatore e, sotto sotto, si vergognavano anche di aver messo in dubbio le sue capacità.
Tornarono nuovamente nell'appartamento di Dora, dato che l'anziana aveva organizzato pranzi e cene a casa sua per tutti, in modo da potersi concentrare sulle indagini. Quella mattina aveva già preparato un paio di torte salate e alcuni antipasti per la sera.
«Mi sono sforzata di capire come hai fatto a sapere che Andrea era il secondo nome di Tiziana, ma proprio non ci riesco!» ammise Addolorata, durante la cena.
A Sabrina parve che la barba di Carlos si gonfiasse per la gratificazione. Era estremamente vanitoso e adorava quando gli altri gli chiedevano spiegazioni sui suoi ragionamenti.
«Non è stato difficile, mi è bastato soffermarmi sui *fatti*.»
Quanto odiava Sabrina quella parola e il tono con cui l'investigatore la pronunciava!
«Dovete basarvi sulla natura umana e, soprattutto, dovete fare in modo che tutti i tasselli tornino!» la barba era sempre più gonfia «Siete state voi a descrivermi la personalità di Paola e sempre voi reputavate impossibile che frequentasse un altro uomo dopo la morte del marito. Mi sono concentrato su questa informazione e ho pensato che il nome Andrea in taluni casi viene assegnato anche alle donne. A quel punto è

stato semplice collegare gli altri fatti: Paola ha confidato al prete di sentirsi in colpa nei confronti del marito defunto per aver rivisto Andrea. Era ovvio che si riferisse alla sorella che l'uomo non vedeva da anni e che aveva ripudiato dalla propria famiglia. Penso che abbia scelto di usare il secondo nome della cognata, nel caso qualcuno potesse sentire la sua confessione, dato che tutti sono al corrente della sordità di don Alberto.»
Nessuna, nemmeno Lina, stava mangiando. Erano tutte talmente coinvolte dal suo racconto che erano rimaste immobili.
«Poi,» continuò Carlos «ho notato un altro fatto strano. Quando siamo andati a casa di Paola, Tiziana si è mossa in cucina come se sapesse esattamente dove cercare da bere. Mi ha anche riferito che in casa non c'era nessun altro alcolico oltre una bottiglia di amaro. Ho capito che doveva essere andata a trovarla e che l'aveva vista di recente. Cosa che mi ha confermato quando gliel'ho chiesto.»
«Allora credi che sia lei la colpevole?» chiese Sabrina a nome di tutte.
Ruggieri sospirò e si accarezzò la barba.
«Le solite frettolose...» mormorò, divertito dai loro occhietti vispi e attenti, «Dovete aver pazienza fino a domani mattina. Per allora mi sarò tolto un grosso dubbio e saprò dirvi chi è l'assassino!» rispose lui, iniziando a gustare gli squisiti manicaretti della nonna della sua assistente.
«Dacci almeno un indizio.» lo pregò Sabrina, com'era solita fare.
«Ho più ipotesi, ma tutto dipende dagli appunti sull'agenda della vittima. E, ricordate bene,» le mise in guardia «tutti i *fatti* devono tornare.»
Dora, impaziente come sempre, azzardò:

«Non puoi dirci adesso su chi stai concentrando le tue attenzioni? Alla fine manca solo una notte a domani mattina, non possono cambiare molte cose.»
Carlos scosse la testa e rispose:
«No, non è così, perché a quest'ora le tabaccherie sono già chiuse.»

CAPITOLO VIII

Il mattino seguente, come promesso, si riunirono tutti a casa di Dora e Sabrina. Carlos fu l'ultimo ad arrivare, anzi per essere più precisi, giunsero tutte con largo anticipo. La curiosità era troppa e desideravano anche poter parlottare tra loro prima dell'arrivo dell'investigatore.
«Tu che lo conosci bene, cosa ne pensi?» chiese Addolorata a Sabrina.
«Magari lo sapessi! Da anni tento di seguire i suoi ragionamenti, ma è impossibile.»
«Non dev'essere facile lavorare con lui.» la rincuorò Filomena.
Lina aveva stranamente la bocca vuota e volle intervenire:
«Carlos ha detto che la risposta dell'enigma è nell'agenda. Vi ricordate quanto era interessato alla pagina in cui vi era appuntata la morte del marito di Paola?» e, dopo un cenno affermativo, soggiunse: «Magari anche quel pover'uomo non è morto per cause naturali. Potrebbe essere tutto collegato.»
Quell'ipotesi fece riflettere a lungo tutte loro. Per fortuna, Ruggieri non ci impiegò molto a raggiungerle, appena prima che la loro fervida fantasia partorisse idee ben lontane dalla realtà.
Le nonnine e l'assistente si sedettero in sala, mentre Carlos preferì stare in piedi e camminare avanti e indietro per la stanza. Muoversi lo aiutava a concentrarsi meglio.
«Non farci soffrire!» esclamò Addolorata.
«State tranquille, vi spiegherò tutto. Stamattina ho trovato la conferma ai miei sospetti.» si lisciò la barba

«Posso avere l'agenda di Paola?»
Dora gliela porse immediatamente.
«Grazie. Come abbiamo appurato ieri, Andrea è il secondo nome della cognata. La donna versa in gravi difficoltà economiche e ha chiesto un prestito a Paola che ha accettato. Quindi, ho subito escluso Tiziana dalla lista dei sospettati.»
Filomena abbassò la testa dispiaciuta, aveva sperato fino all'ultimo di aver azzeccato l'identità del colpevole.
«Poi, abbiamo parlato con Marco. Il ragazzo voleva vendicarsi nei confronti di Paola per le numerose denunce e aveva escogitato un piccolo furto in casa sua o comunque un modo per spaventarla. Per fortuna, l'inquilino dell'appartamento al piano superiore l'ha colto in flagrante e l'ha fatto desistere dal suo intento. Però, questo non è bastato a salvare la vita alla povera Paola. Il suo destino era già segnato!»
Dora sussultò:
«Ma non resta più nessuno sulla lista degli indiziati!»
«Un errore comune è quello di credere a tutto ciò che ci viene detto. Qualcuno ha mentito...»
Fece una pausa per permettere a tutte di chiedere:
«Chi?»
Carlos si fermò al centro della stanza e proseguì con il suo ragionamento.
«Un po' di pazienza e lo saprete. Siete state voi a dirmi che Paola era molto fortunata al gioco; quindi ho pensato al fatto che molte persone puntano le loro scommesse sulle date che reputano importanti. Infatti, Paola è stata uccisa proprio per un biglietto vincente. Stamattina sono passato nelle tabaccherie della zona, fino a quando ho trovato quella in cui andava la vittima. Aveva giocato, come tutti i mesi, i numeri corrispondenti alla data di morte del marito. Indovinate un

po'? Questo mese avrebbe vinto la somma di diecimila euro. Mentre per le altre giocate aveva riscosso cifre molto basse, ovvero quelle che segnava con cura accanto a ogni mese.»
Le bocche di tutte si spalancarono per la sorpresa.
«Ma quei numeri non possono essere giocati al Lotto, il numero massimo è il 90!» ribatté Lina che ricordava alla perfezione la data e l'anno di morte era il 98.
«Hai ragione, è stato uno dei miei primi pensieri.» confermò Carlos «Ma Paola, per poter giocare, aveva invertito il numero della data di morte del marito e quindi puntava sul numero 89.»
Dopo aver chiarito quel punto, continuò con il filo dei suoi pensieri:
«Avete dato per certo che Roberta avesse trovato Paola già morta, ma non è andata così!» soggiunse l'investigatore con maggior enfasi «Come lei stessa ha detto, capitava spesso che andasse insieme a Paola a fare commissioni o che si chiedessero favori a vicenda. I risultati della giocata di Paola sono usciti venerdì mattina. Credo proprio che la vittima avesse chiesto all'amica di andare a controllare se aveva vinto e, quando Roberta ha visto la somma relativa al biglietto vincente, ha deciso di rubarlo. Si è introdotta in casa di Paola con le chiavi di scorta e ad un orario che reputava sicuro. Invece, molto probabilmente, dev'essere stata sorpresa dall'amica. Immagino che Paola abbia avuto come prima reazione quella di afferrare il telefono per contattare i Carabinieri e denunciare l'accaduto. A quel punto, Roberta per fermarla, non per ucciderla, deve averla fatta cadere a terra. Purtroppo il colpo è risultato fatale. Per allontanare i sospetti da sé, ha inscenato la finta caduta, dimenticandosi del problema di Paola. Quindi, verso le sette di sera ha recitato la sua commedia e il finto

ritrovamento.» si sedette sul divano «Ricordate la sua reazione quando Addolorata le ha ricordato che Paola soffriva di vertigini?»
«'Non ci avevo proprio pensato!' queste sono state le esatte parole.» riportò fedelmente Lina.
L'investigatore annuì.
«Poteva riferirsi a un possibile crimine oppure a una sua disattenzione dovuta al panico del momento. Mi è sembrato subito alquanto strano che lei, amica della vittima, non fosse a conoscenza di un simile dettaglio.» concluse Ruggieri.
«Come possiamo incastrarla?» domandò Addolorata.
«Per questo non c'è problema. Roberta non è stata furba, ha già riscosso la vincita. Certo, è andata dall'altra parte della città, ma il tabaccaio non stenterà a riconoscerla. Chiunque si ricorderebbe di un colpo di fortuna simile! Ho già informato il mio amico brigadiere Valini e il Capitano dei Carabinieri. Se ne stanno occupando in questo momento.»
Sabrina osservò le reazioni delle vecchiette. Erano un misto di stupore, risentimento per non esserci arrivate prima di lui, entusiasmo per l'avventura appena vissuta.
«Carlos, tu sei stato bravo,» dichiarò con enfasi Addolorata, fissandolo con i suoi soliti occhietti grigi e furbi «Ma noi di più! Infatti, inizialmente, non ti eri nemmeno interessato a questa vicenda. Siamo state noi a fiutare il crimine.» e abbracciò le amiche, dando vita a una risata generale.

UNA SCELTA DIFFICILE

TORTA ALLE NOCCIOLE

INGREDIENTI: 150 g di farina di nocciole, 75 g di farina 00, 75 g di farina integrale, 150 g di zucchero di canna, 100 ml di olio di semi, 2 uova e lievito per dolci.

PROCEDIMENTO: Montare le uova con lo zucchero fino a ottenere una spuma leggera. Aggiungere l'olio e infine le farine, insieme al lievito, un cucchiaio alla volta amalgamando con cura il composto. Cuocere la torta a 200°, forno statico, per circa 30 minuti, riponendo la tortiera nell'ultimo ripiano del forno.

PROLOGO

L'atmosfera al tavolo era divenuta pesante, quasi palpabile. Il gioco di sguardi e di silenzi, sempre più opprimente e spezzato solo dal rumore stridente delle posate sui piatti in ceramica, facilitava l'insorgere di pensieri tutt'altro che onesti. Il bisogno di soldi e l'improvvisa possibilità di ottenerne tanti, molti di più di quelli necessari, li aveva accecati.
"Devono essere tuoi... ti spettano di diritto... li meriti..." sussurrava nelle loro menti una vocina suadente, quella dell'avidità.

CAPITOLO I

Maria aveva aperto la cassetta della posta e aveva estratto con assoluta indifferenza il contenuto, composto per lo più da fogli colorati. Era quindi entrata nel suo monolocale, aveva lanciato la giacca sulla prima sedia a disposizione, si era sfilata le scarpe senza badare a dove finissero e finalmente si era lasciata cadere, come un corpo morto, sul letto. Dopo ore di lezioni all'università, era distrutta! Fu in quel momento, più che altro per noia, che prese il contenuto della cassetta e iniziò a dare un'occhiata a quelle lettere. Non c'era mai nulla di interessante, ormai anche le bollette della luce e del gas le arrivavano tramite mail, era abituata a ricevere solo tanta e inutile pubblicità che, di solito, stracciava senza neanche farci caso. Sfogliò rapidamente i dépliant e, mentre stava per appallottolare tutte quelle cartacce che con frasi astute cercavano di esortarla a comprare una crema o a fare una consulenza, una busta attirò la sua attenzione. Chissà perché non l'aveva notata prima... la girò un paio di volte per osservare entrambi i lati, lo fece con delicatezza, come se si trattasse di qualcosa di fragile: era la prima volta che le capitava di ricevere una lettera scritta a mano! Lesse il nome del mittente: 'Riccardo Ferrando'. Non aveva la minima idea di chi fosse e, prima di controllare il destinatario, pensò di averla ricevuta per errore e che fosse indirizzata a un altro condomino. Invece, no! La lettera era proprio per lei! La colpì la grafia di quel tizio, vergata in un corsivo vecchio stile, di quelli che si vedono solo in televisione perché nessuno è più in grado di scrivere in quel modo, così elegante e ormai superato. Sempre più interessata, aprì con cautela la busta, cercando di non rovinarla. Quello che lesse destò la sua curiosità e risvegliò il suo romanticismo, ultimamente accantonato in un angolo del suo cuore. Si trattava di un appuntamento! Doveva esser un ammiratore segreto! Magari qualcuno che l'aveva notata a lezione? O nel bar in cui faceva sempre colazione? Avvertì un'intensa scarica di energia in tutto il corpo, fino a pochi secondi prima stanchissimo, si alzò di scatto, strinse la lettera al petto e, fantasticando sulla serata che avrebbe vissuto, lanciò uno sguardo di rimprovero al suo armadio: non aveva nulla da mettere per un'occasione simile!

***

Pietro era un precisino di prima categoria. Detestava il disordine, il ritardo e soprattutto non essere il migliore. Adorava saper rispondere a qualsiasi domanda, prima che gli altri avessero anche solo il tempo per riflettere sul quesito, e soprattutto adorava sfoggiare paroloni che la maggior parte dei suoi interlocutori non conosceva. Non amava le sorprese e detestava i segreti. In poche parole pretendeva di avere tutto sotto controllo. Durante la domenica organizzava con cura maniacale gli impegni della settimana e, come se si trattasse di un puzzle, incastrava con assoluta precisione gli orari con le varie incombenze. Pietro sapeva a che ora si sarebbe lavato i denti, a che ora avrebbe mangiato o a che ora avrebbe iniziato a guardare un film, perché per lui anche lo svago andava organizzato e guai a chi o a cosa avrebbe tentato di scombussolare i suoi piani. Per questa ragione, aveva dovuto riflettere a lungo prima di decidere se accettare o meno

quell'invito che, in un primo momento, l'aveva perfino fatto adirare. Era assurdo che qualcuno, un estraneo, gli lasciasse un messaggio simile. Aveva anche svolto un'accurata ricerca su Google ma, fatto alquanto insolito, quell'uomo non usava i social e su di lui, sempre che non fosse un caso di omonimia, era riuscito a leggere ben poco. Alla fine, aveva prevalso la sua ambizione: un uomo che poteva permettersi una cena in un ristorante tanto lussuoso, doveva essere ricco e quindi poteva rappresentare una svolta per il suo futuro. Perché sì, per Pietro tutto doveva avere uno scopo, che si trattasse di un'amicizia o una semplice conoscenza, lui doveva in qualche modo trarne profitto. Detestava perdere tempo e di certo non avrebbe sprecato minuti preziosi della sua vita per nessuno!
Era arrivato sul posto con largo anticipo ed era rimasto alquanto stupito quando il cameriere l'aveva fatto accomodare a un tavolo apparecchiato per sei persone. Inoltre, trovò anche strano che a quell'ora il locale, un ristorante di solito affollato, fosse ancora completamente vuoto. Si fece guidare dal cameriere e si accomodò, puntando la porta con perplessità. Che quello sconosciuto avesse prenotato tutti i tavoli? Beh, se davvero era così, aveva fatto proprio bene a non lasciarsi sfuggire quell'occasione.

***

Filippo stava camminando per le strade del centro di Savona e intanto fumava l'ennesima sigaretta. Doveva raggiungere un piccolo ristorante sul porto. Non aveva mai cenato lì, era troppo caro per il suo portafoglio, ma alcuni amici gliene avevano parlato molto bene, raccontandogli che ci volevano mesi per riuscire a prenotare un tavolo e che lo chef preparava piatti

sublimi. Per questo motivo, aveva deciso di accettare quell'invito da parte di uno sconosciuto, almeno avrebbe potuto scroccare un ottimo pasto. Non si era fatto tante domande su chi fosse quell'uomo, gli piaceva l'idea di vivere finalmente qualcosa al di fuori degli schemi e non voleva nutrire false speranze. Aveva indossato il suo paio di jeans migliore e una delle poche camicie che il suo guardaroba avesse mai visto. Gli dispiaceva che quell'abbigliamento coprisse i suoi tatuaggi, che sfoggiava sempre con gioia. Per fortuna, almeno quelli sul collo e sul mento erano in bella vista.
Era di qualche minuto in ritardo, ma non accelerò, voleva godersi la gradevole sensazione nel passeggiare di sera. Ormai, il caldo di giugno era esploso e di giorno non era possibile camminare per le vie della città, a meno che non si volesse collassare. Vide l'insegna del ristorante, cercò un cestino e buttò il mozzicone di sigaretta. Aprì la porta e un solerte cameriere, nascosto dietro l'uscio, lo accolse calorosamente e lo accompagnò a un tavolo senza che il giovane dovesse dire una parola.

***

Sabrina non stava più nella pelle. Ricevere un invito a cena da uno sconosciuto era a dir poco elettrizzante. Era stata proprio lei a trovare la busta nella cassetta, subito dopo pranzo e, da quel momento in poi, non era più riuscita a concentrarsi su nulla. Chi li aveva invitati? Cosa voleva da loro? Questi erano gli interrogativi principali, ma molti altri le affollavano la mente.
«Non capisco come tu possa restare tanto tranquillo! Non sei curioso?»

«Più che altro sono preoccupato.» le rispose Carlos Ruggieri «Nel caso meno grave, saremo vittime di uno sciocco scherzo. Questo è il giorno di chiusura del ristorante, non ti sembra un po' strano che apra proprio per noi?»
La giovane rimase sospesa nei suoi pensieri. Perché non se n'era ricordata? Il loro studio era a pochi passi dal locale ed entrambi, frequentando la zona quotidianamente, erano a conoscenza dei giorni di chiusura di quasi tutti i negozi o ristoranti. Si diede una scrollata per scacciare quelle considerazioni e, mentre i capelli corti si erano scarmigliati ancora più del solito, lo rimproverò:
«Sei il solito pessimista! Potrebbe rivelarsi un caso molto interessante. Oppure potrebbe essere un tuo ammiratore che desidera conoscerti e offrirti un'ottima cena. Per poterlo fare si sarà messo d'accordo con il proprietario del ristorante, magari sono amici!» stava per aggiungere che Ruggieri era noto a tutti anche per il suo grande appetito e non solo per la sua bravura nel risolvere i casi più intricati, ma preferì tenere per sé quel commento.
E fece bene dal momento che l'investigatore privato la stava già guardando con disapprovazione e che fu proprio l'accenno a un possibile ammiratore a mitigare la sua occhiataccia.
"È sempre troppo influenzabile!" pensò lui.
Sabrina notò il suo disappunto ma, come sempre, lo ignorò con la serenità che la contraddistingueva e continuò a porre ad alta voce numerosi interrogativi, perché non riusciva più a tenerli chiusi nella sua mente.
Dopo aver lasciato lo studio, sito in piazza Leon Pancaldo, a due passi dal porto, raggiunsero in brevissimo tempo il ristorante. Sabrina non camminava, quasi

saltellava per l'euforia, mentre Carlos accanto a lei si muoveva con passo lento ma deciso.

Un cameriere, con un educato sorriso, li accompagnò al loro tavolo. L'assistente dell'investigatore si stupì nel vedere già tre individui seduti e, in pochi secondi, li studiò attentamente. Stavano chiacchierando tra loro come se si conoscessero da tempo, erano diversi in tutto, solo il colore di capelli, un biondo brillante, li accomunava. C'era una giovane donna, sui trent'anni, che indossava un abito rosa molto romantico, fatto da tante balze e nastrini. Accanto a lei c'erano due giovani che all'incirca dovevano avere la stessa età. Erano l'uno l'opposto dell'altro. Sabrina si soffermò prima su quello tatuato, il più appariscente: aveva i capelli in disordine e uno sguardo astuto. Poi, spostò l'attenzione sull'altro. Era elegantissimo e, in quel momento, i loro occhi si incrociarono, anche lui stava analizzando ogni cosa e forse pure con più interesse di lei.

Era stato il loro arrivo a bloccare le chiacchiere e a creare un clima di diffidenza mista a curiosità.

«È lei Riccardo Ferrando?» chiese la donna, inclinando leggermente la testa.

«No, non sono io.» rispose Ruggieri, accomodandosi.

I tre si scambiarono un paio di occhiate cariche di sospetto e infine indirizzarono i loro occhi sugli ultimi due posti vuoti.

«Anche voi avete ricevuto questa lettera?» domandò il giovane tatuato, mostrando una busta.

«Sì. Non c'era scritto molto, solo che eravamo stati invitati qui, in questo ristorante, alle otto di sera.» rispose Sabrina, mentre il suo interesse cresceva sempre di più. La situazione era molto più intricata di quanto la sua fantasia avesse potuto sperare.

«Esatto! Comunque io sono Maria.» replicò la giova-

ne donna, porgendo la mano a entrambi.
La pelle era bianca, ben idratata e morbida.
Anche Filippo e Pietro la imitarono e si presentarono.
«Vi conoscete?» indagò Ruggieri, nell'attesa.
«Sì.» rispose Maria, quasi imbarazzata, «Strana coincidenza, vero?» e lanciò una rapida occhiata agli altri due «Abbiamo ricevuto tutti e tre la stessa lettera e ci siamo incontrati qui senza saperlo.»
«Inizio a pensare che si tratti di un terribile scherzo!» esclamò Pietro, in tono acido, guardando spazientito l'orologio e detestando che quello sconosciuto fosse in ritardo. La trovava una enorme mancanza di rispetto.
Un leggero lamento alle loro spalle li avvertì che la porta d'ingresso si era di nuovo aperta. Tutti si voltarono di scatto per sbirciare i nuovi avventori. Due uomini varcarono la soglia e lo stesso cameriere, che poco prima li aveva accolti, si affrettò a sfoggiare un sorriso due volte più ampio, rivolgendo tutte le sue attenzioni a quello più anziano.
Accompagnati dallo scattante cameriere, dal quale ci si sarebbe aspettato ormai anche un inchino, raggiunsero il tavolo e si sedettero. Quello più giovane aveva con sé una cartella in pelle marrone e iniziò a frugare al suo interno. L'altro, non poi così anziano come poteva sembrare a prima vista, appoggiò gli avambracci sul tavolo e iniziò a parlare. Aveva la voce stanca, ma non per questo risultava debole, anzi risuonò con decisione nel locale vuoto.
«Sono contento che abbiate accettato il mio invito.» li ringraziò, posando lo sguardo su tutti loro, uno alla volta, come se stesse cercando di riconoscerli.
Ruggieri notò che un fremito, domato quasi nell'immediato, attraversò quel volto scavato e che la mandibola gli si serrò. L'uomo intanto aveva preso in

mano il menù per sfogliarlo.
Filippo, piuttosto sconcertato da quelle poche parole che non volevano dire nulla, parlò guidato dall'impulso:
«Possiamo sapere il motivo del suo invito? Mi sembra un po' poco ringraziarci e ordinare come se nulla fosse!»
Pietro lo fulminò e, se solo avesse avuto davvero il potere di incenerire con la forza del pensiero, l'avrebbe fatto. Non era riuscito a tollerare il tono insolente dell'amico, tono che avrebbe potuto creare un attrito con quello sconosciuto. Il suo unico obiettivo era ingraziarselo per ottenere più vantaggi possibili. Strinse con forza il fazzoletto di stoffa per scaricare la collera e riportò il suo profilo affilato su Ferrando.
«Lei ha ragione, ma prima vi pregherei di ordinare. Certi discorsi vanno fatti davanti a un buon piatto e questo ristorante è il migliore di Savona.» notò ancora un velo di perplessità sui loro volti, quindi soggiunse: «Non abbiamo fretta. Oggi il locale sarebbe stato chiuso, ma io l'ho prenotato e l'ho fatto aprire per noi.» e nascose di nuovo il volto dietro il menù.
A quelle parole gli occhi di Pietro scintillarono: aveva indovinato! Afferrò con entusiasmo la lista delle portate e iniziò a consultarla come se fosse una carta preziosa. Filippo rimase ancora un po' a fissare quell'enigmatico signore e, dopo un paio di sospiri, decise di iniziare a leggere il menù.
Sabrina non riusciva a decidere cosa ordinare. Anche un semplicissimo piatto di trofie al pesto era indicato con un titolo di almeno dieci parole. Al contrario, Carlos, un buongustaio di prima categoria, non aveva avuto alcuna difficoltà a scegliere. Riccardo e Pietro ordinarono lo stesso piatto, filetti di orata impanati con nocciole su un letto di foglioline di songino e fio-

ri edibili. Non fu assolutamente una coincidenza, il giovane si era proposto di emularlo e compiacerlo e questo comprendeva anche il cibo. Sabrina, Maria e Filippo, forse per andare sul sicuro, ordinarono le trofie al pesto fatte a mano dallo chef. Ruggieri optò per i ravioli di dentice su vellutata di piselli.
Per l'attesa, Ferrando chiese un misto di antipasti, di ostriche fresche e uno dei vini più costosi sulla carta.
«Propongo di fare un brindisi a questa serata!» esclamò Riccardo, alzando il suo bicchiere.
Pietro lo imitò immediatamente e gli altri lo seguirono senza alcun tipo di slancio.
Ferrando bevve e poi si rivolse all'uomo accanto a lui. Era giovane, alto, con folti capelli castani e con l'aria di chi preferisce restare al proprio posto e non intromettersi mai.
«Dammi i fogli.» gli bisbigliò.
Quindi li prese e li distribuì ai suoi ospiti.
«Questi sono per voi. Se volete continuare la cena, dovete firmarli.»
Maria iniziò a leggere e domandò con perplessità:
«Un accordo di riservatezza?»
«Esatto. Nessuno di voi dovrà mai dire a qualcuno ciò che sto per rivelarvi.»
Pietro firmò per primo, voleva dimostrare di saper ragionare con la sua testa e di non aver bisogno di vedere cosa avrebbero scelto gli altri. Dopo un po' di esitazione, anche Filippo e Maria compilarono il foglio. Infine, Sabrina imitò la scelta dell'investigatore, ovvero firmare.
«Ottimo!» esclamò Ferrando «Potete darli a Matteo, è il mio avvocato.» e finalmente anche la sua identità era stata rivelata.
Il solerte cameriere, rimasto fino a quel momento appostato in un angolo per non disturbare in attesa che i

clienti terminassero la lettura di quei documenti, iniziò ad appoggiare sul tavolo gli antipasti.
Ferrando gli fece un cenno e lui, capendo che la sua presenza non era necessaria, scivolò via, lasciando la stanza completamente vuota.
«Voglio raccontarvi chi sono. Provengo da una famiglia povera, ma negli anni sono riuscito a costruirmi una grossa fortuna. Ho avviato un'impresa edile che vanta numerosi appalti.» la voce perse il solito mordente «Purtroppo, questo mese dovrò essere operato al cuore. Si tratta di un intervento pericoloso e potrei non superarlo. Il mio avvocato» si voltò verso il giovane al suo fianco e gli rivolse un sorriso «mi ha consigliato di fare testamento, per questo motivo voi siete qui!» bagnò un'ostrica con alcune gocce di limone e la inghiottì «Non ho eredi e ho scelto di lasciare il mio patrimonio a uno di voi. Uno solo!» precisò.
I tre giovani si ammutolirono, con gli occhi fissi sul suo volto magro e abbronzato. Nessuno, nemmeno Pietro, aveva toccato ancora gli antipasti. Quella notizia aveva fatto dimenticare a tutti loro il posto in cui si trovavano.
Anche il giovane avvocato, Matteo, mutò di colpo espressione, un velo di stupore calò sul suo volto. Carlos si concentrò su quella faccia trasfigurata in pochi secondi e si domandò perché non fosse stato informato prima di quella decisione.
«Non dovete farne parola con nessuno! Nemmeno con le vostre famiglie, altrimenti sarete esclusi.» continuò Ferrando, non curandosi delle loro reazioni, «Tra due giorni, ci incontreremo di nuovo qui e sarete voi a dirmi a chi devo lasciare la mia eredità.»
«Dovrebbe scegliere me!» affermò Pietro, in modo risoluto, «Sono il migliore, mi creda. Sono ambizioso e desidero dedicarmi unicamente al lavoro. Senza che

vi offendiate,» disse, rivolto ai due amici, «non mi sembra il caso di assegnare un posto tanto prestigioso a una donna o a un ragazzo tatuato!»
«I soliti pregiudizi!» commentò Filippo «Noi siamo esattamente come te.»
Maria annuì in modo deciso per dare man forte all'amico.
«Ma se tu credevi che ti avesse invitata un ammiratore segreto e tu, invece, ti sei presentato solo per scroccare una cena. Sono l'unico che aveva fiutato un affare! L'unico!» ribadì con enfasi, puntando il suo sguardo ambizioso, simile a quello di uno squalo, sull'imprenditore.
«Ora godiamoci la cena. Avrete tempo per discuterne fra voi.»
Poco dopo, il cameriere arrivò con le portate principali.
Sabrina non aveva osato intromettersi nel discorso, ma proprio non riusciva a capire cosa ci facessero lei e Carlos a quella cena. Ogni tanto aveva spiato le reazioni dell'investigatore, sperando che dicesse qualcosa, ma Ruggieri sembrava incanalare tutte le sue attenzioni sul cibo.
Nessuno fiatò più e un silenzio freddo, penetrante li avvolse. Poi, quando il cameriere portò i cremini al pistacchio di Bronte, Ferrando decise di parlare ancora:
«Ho invitato a questa tavola anche l'investigatore privato Carlos Ruggieri e la sua assistente perché mi servirò del loro aiuto.»
Maria, Filippo e Pietro li guardarono con sospetto.
«Desidero infatti che il detective mi dia la sua opinione su chi, fra voi, dovrei nominare mio erede.» poi, rivolgendosi direttamente a lui, aggiunse: «Ho letto grandi cose sul suo conto! E, siccome desidero fare la

scelta migliore, non posso basarmi solo sulla decisione di tre giovani. Necessito di qualcuno che conosca a fondo l'animo umano e che sappia vedere quello che agli altri sfugge.»
Sabrina osservò Ruggieri, non era sicura che avrebbe accettato il caso, anzi era quasi certa che l'avrebbe rifiutato. Invece con sua grande sorpresa, acconsentì.
Terminato il pasto, i tre giovani si misero d'accordo con Carlos per incontrarsi il giorno seguente.
L'investigatore, Sabrina e Ferrando rimasero da soli.
«Conto su di lei!» ribadì una seconda volta Riccardo, prima di allontanarsi con il suo avvocato.
Sabrina li seguì con lo sguardo fin dove le fu possibile. Le parve che iniziassero a discutere, ma era difficile stabilirlo solo dai gesti. Eppure, Matteo, il giovane avvocato che aveva varcato con clama la soglia del locale, a fine cena le era sembrato diverso, preoccupato e risentito.

CAPITOLO II

La mattina dopo, Sabrina aveva fatto colazione a casa Ruggieri per potersi confrontare con lui sull'accaduto e sulle prossime mosse. Rosina, la moglie dell'investigatore, era in cucina con loro per ascoltare il racconto di quello strano incontro. Allergica al crimine com'era, era rimasta piuttosto turbata da quell'incarico.
«Ieri Addolorata ha letto i miei fondi di caffè e ha predetto guai in vista! Penso proprio che si riferisse a questo. Insomma...» farneticò, iniziando a mordicchiarsi una pellicina sull'indice, «Quale pazzo prenderebbe tre ragazzi a caso per lasciare a uno di loro tutta la sua eredità? E soprattutto perché chiedere a un estraneo di valutarli? Ve lo dico io,» e si chinò sul tavolo per avvicinare il suo volto a quello del marito e della sua assistente «Quei tre giovani non faranno una bella fine! Quello ha in mente qualcosa! È impossibile che non abbia un caro amico o un lontanissimo parente a cui...» si bloccò di colpo, sgranò gli occhi e, come se avesse appena avuto una grande rivelazione, concluse: «E se dovesse essere davvero solo al mondo... in tal caso una ragione ci sarà pure e non credo sia buona!»
«Certo che Dora doveva avere come amica proprio una persona in grado di interpretare i fondi di tè o caffè, di leggere i palmi delle mani...» sospirò l'investigatore, riferendosi alla nonna di Sabrina che aveva fatto incontrare le due donne.
Rosina sbuffò, prese il suo caffè, si avviò alla porta e si fermò un centimetro prima di varcarla.

«Dopo tutto quello che ti ho detto, hai un bel coraggio a concentrarti solo su questo! Per fortuna è entrata nella mia vita Addolorata! Lei mi capisce e sa consigliarmi!» e se ne andò.
Sabrina rivolse un sorriso a Carlos che contraccambiò. Entrambi erano ormai abituati a quelle scenette.
«È sempre stata superstiziosa, ma ogni giorno mi sembra un po' peggio.» sospirò Ruggieri, sorseggiando il suo amato tè.
E, prima che la giovane potesse replicare, Rosina tornò in cucina. Stringeva nella mano un mazzo di salvia bianca ben legata con lo spago. Il ciuffo iniziale era annerito e da esso partiva una scia profumata.
«Cosa fai?» protestò il marito, iniziando ad agitare le mani per scacciare quel fumo e a tossire.
«Ne hai bisogno! Serve a purificare!» decretò lei, continuando a far girare attorno a Carlos il mazzetto.
Sabrina non riuscì a trattenere una risata. Era inutile: aveva assistito a scene simili un'infinità di volte, ma continuava a trovarle sempre buffe.
Quando Rosina terminò il suo rituale, Ruggieri spalancò la finestra e respirò a pieni polmoni l'aria fresca del mattino.
«L'amore rende davvero ciechi!» ridacchiò lui.
Sabrina annuì e cambiò discorso. Non c'era nulla che potesse distrarla dal loro nuovo caso.
«Sai, non pensavo avresti accettato quest'incarico, di solito non sopporti gli uomini che prendono decisioni senza averti nemmeno prima consultato.» commentò Sabrina, gustando la deliziosa torta alle nocciole preparata da Rosina.
«Hai ragione, non avrei voluto accettare. L'ho fatto solamente perché sono coinvolte le vite di tre giovani.» le spiegò, chiudendo la finestra e tornando a tavola. Il profumo della torta era migliore di quello

dell'aria fresca del mattino.
«Pensi siano in pericolo?»
«Su questo devo dar ragione a mia moglie: la situazione non mi piace assolutamente.» rispose Ruggieri, passandosi una mano nella folta e ricciuta barba nera, gesto che ripeteva spesso quando rifletteva.
«In effetti, anche mettendomi nei panni di quell'uomo, trovo assurdo voler lasciare tutto a uno sconosciuto...» rimuginò Sabrina «In ogni caso, noi come faremo a scegliere uno dei tre?» chiese più a se stessa.
«Li valuteremo e intanto studieremo la situazione. Alla fine potremmo anche non scegliere nessuno.»
Tagliò una generosa fetta di torta e l'addentò con appetito. La giovane lo guardò perplessa. Non aveva nemmeno preso in considerazione quella possibilità.
«Hai fatto le ricerche che ti ho chiesto ieri sera?» le domandò Carlos, togliendosi dalla barba alcune briciole con il fazzoletto.
Lei annuì, prese lo zainetto e ne estrasse un foglio su cui aveva annotato le informazioni principali,
«Sono tre ragazzi normalissimi.» poi li elencò con calma «Pietro Traverso, figlio unico, si è laureato in economia, specializzato nel settore informatico, e al momento sta lavorando per una ditta di compravendita online. Filippo Parodi fa il tatuatore. Infine, Maria Bruzzone non ha ancora terminato gli studi. Attualmente lavora in un call center.»
«Sulle famiglie cosa mi dici?»
«Sono tutti e tre figli unici e provengono da famiglie altrettanto normali. Non c'è davvero nulla di rilevante.» gli riferì, leggendo le annotazioni.
«Questo sì che è interessante!» commentò Carlos, mentre gli occhi brillavano come due lapislazzuli.
«Cosa?» mormorò Sabrina.

«Usa la mente! Collega i *fatti*...» la incitò l'investigatore, senza dirle nulla di più.
"Lui e suoi maledetti *fatti*!" pensò Sabrina.

***

Carlos e Sabrina raggiunsero il loro studio dove avevano dato appuntamento ai tre giovani. Maria, Filippo e Pietro arrivarono insieme e si accomodarono di fronte alla scrivania di Ruggieri, mentre la sua assistente, seduta nell'altra postazione, alla loro sinistra, era pronta a prendere nota di tutto. La complicità con cui li avevano visti chiacchierare la sera prima si era volatilizzata e aveva lasciato il posto alla tensione. Evitavano di guardarsi negli occhi, c'era chi batteva il piede a terra, chi si scrocchiava le dita e chi sospirava un po' troppo spesso e rumorosamente. Dovevano aver già discusso tra loro e, a giudicare dallo stato d'animo attuale, non dovevano essere giunti ad alcuna conclusione.
«Lei cosa ne pensa?» chiese Maria all'investigatore, con tono preoccupato senza dargli nemmeno il tempo di fiatare.
La leggera penombra nella stanza, studiata da Carlos che aveva di proposito accostato le persiane, amplificò quello sguardo smarrito.
«Dovete stare molto attenti, ecco quello che penso.» rispose, indicando a Sabrina il bollitore.
La giovane lo portò sulla scrivania e offrì tre tazze anche ai ragazzi.
«Attenti?» replicò Pietro, senza nascondere il suo disappunto, «Questa è un'occasione d'oro! Da cogliere al volo! Non ho intenzione di lasciarmela sfuggire! Loro non si sono nemmeno laureati. Al contrario, io ho faticato per ottenere quello che ho: oltre a studiare,

ho lavorato! E sono riuscito a fare tutto nei tempi indicati.» ribadì per mostrare il proprio valore.
«Guarda che nessuno di noi proviene da famiglie ricche! Anche io ne ho bisogno!» ribatté Filippo. Poi, rivolgendosi a Carlos domandò: «Lei cosa farebbe al nostro posto?»
«Rifiuterei l'offerta e continuerei con la mia vita.» affermò, diretto.
«Lei è pazzo!» sbottò Pietro che dopo quell'affermazione non riusciva più a contenersi.
Maria e Filippo non dissero nulla e, sebbene fossero intimoriti dalla situazione, sotto sotto la pensavano come l'amico. Nessuno dei tre era disposto a rinunciare. Quella prospettiva li allettava tutti allo stesso modo.
«Noi non possiamo scegliere. Questo mi sembra chiaro.» continuò Filippo, ignorando l'avvertimento, «Dev'essere lei a prendere la decisione al nostro posto. Ci chieda tutto quello che può esserle utile.»
L'investigatore bevve un lungo sorso di tè, bollente, proprio come piaceva a lui. Non era importante che fosse pieno giugno, l'ambrata bevanda calda lo aiutava a riflettere sempre.
«Ditemi, come vi siete conosciuti?»
Sabrina si voltò verso Ruggieri e lo scrutò in volto: riusciva sempre a formulare domande insolite e che, invece di districare la matassa, parevano complicarla. Perché doveva concentrarsi su certi dettagli, invece di indagare il presente e valutarli?
Fu Maria a rispondere. Quella storia l'affascinava e le piaceva raccontarla.
«Le nostre madri andavano dallo stesso ginecologo e si sono ritrovate in ospedale al momento del parto, dove hanno stretto un profondo legame. Siamo nati tutti e tre nella stessa settimana. Per questo le nostre

famiglie sono tanto unite e organizzano spesso feste e vacanze insieme.»
«Voi andate d'accordo?»
"Ma questo cosa c'entra…" pensò ancora Sabrina, tuffandosi nel suo taccuino.
Il quesito venne accolto da Pietro.
«Da piccoli sì, adesso ci siamo persi. Siamo troppo diversi.» spiegò velocemente come se fosse quasi schifato da quella domanda così inutile.
Le loro tazze, piene di tè, erano rimaste immacolate sulla scrivania e avevano creato un muro di fumo tra loro e Ruggieri, tagliato in piccole fasce dalla luce che attraversava la persiana.
«Quindi non vi vedete da molto tempo?»
«Sì, da parecchio. Ma le nostre famiglie sono rimaste in contatto.» aggiunse ancora il giovane.
«Per ora è tutto.» concluse Ruggieri, spiazzando Sabrina.
«È sicuro? Non vuole sapere cosa facciamo? Chi siamo?» insistette Maria, iniziando a dubitare della reputazione del detective, «Come farà a scegliere? Dovrebbe sapere che io lavoro per potermi permettere l'università…»
Pietro borbottò e si raddrizzò di scatto sulla sedia.
«Questa è bella!» rise di gusto «Esistono le borse di studio, lo sai? O forse non sei stata in grado di guadagnartela?» le chiese con disprezzo «Quindi non meriti nemmeno questa occasione! Lasciatela a me che non ne ho mai sprecata una in vita mia!»
«Ma ti senti?!» esclamò Filippo, sbattendo le mani sulla scrivania e rischiando di rovesciare tutte e tre le tazze, «Hai già avuto tutto! L'investigatore dovrebbe tenere conto di questo e sapere che aprire un locale da giovani costa e pure parecchio!»
Pietro si agitò, come se la sedia fosse improvvisamen-

te diventata ustionante.
«Ma se lo sanno tutti che non sai tenerti nemmeno un soldo in mano. Ti piace giocare, rischiare...» sibilò, con un ghigno.
Li aveva azzittiti, quelle due sanguisughe!
«Adesso basta!» li rimproverò Ruggieri, fingendosi più scocciato di quanto in realtà non fosse, «Per ora non ho bisogno di altro. Vi contatterò io. Voi dovete solamente non fare nulla di avventato!» più che un consiglio, suonò come un ordine.
I tre giovani non replicarono, lasciarono la stanza continuando a guardarsi con aria torva. La presenza dell'investigatore e della sua assistente era diventata un peso: dovevano vedersela tra loro, liberi di gridare.
Sabrina corse alla finestra, aprì le persiane e aspettò che Pietro, Maria e Filippo uscissero dal portone. Carlos la raggiunse e li osservò mentre litigavano. Non c'era bisogno di sentirli per capire quello che stavano dicendo.
Poi si voltò e osservando le tazze piene e fredde pensò: "Che spreco!"

CAPITOLO III

L'investigatore, con un'altra tazza di tè in mano, si era accostato nuovamente alla finestra, anche se i tre giovani erano spariti da un pezzo.
«Mi aspettavo ben altro tipo di domande...» rifletté Sabrina, accanto a lui.
La giornata era splendida, una di quelle giornate in cui il cielo è talmente blu che è quasi impossibile capire dove finisce e dove inizia il mare. Un leggero vento muoveva le vele delle barche. I fratelli Lazzaro avevano da poco ormeggiato la loro imbarcazione e stavano iniziando a vendere il pescato del giorno, gridando a tutti quanto fossero gustose le loro acciughe. Poco distante da loro una grossa nave da crociera riposava tranquilla.
«Ho bisogno di capire perché siano stati scelti proprio loro tre.» le spiegò.
«Non pensi che sia stata una scelta casuale?»
«Assolutamente no. Anzi credo che Ferrando non ci abbia detto tutta la verità e sarebbe meglio incontrarlo ancora.» bevve un lungo sorso di tè «Contattalo e chiedigli un appuntamento urgente.»
La giovane obbedì e, mentre cercava il numero, lo digitava e ascoltava i soliti squilli che precedono la risposta, continuava a ripensare a tutto quello che aveva letto sui tre ragazzi. Non c'era nulla che collegasse loro o le famiglie a Ferrando. Quindi perché li aveva scelti? E capirlo avrebbe davvero aiutato Carlos a individuare l'erede migliore?

***

Riccardo aveva accettato di incontrarli immediatamente e li aveva invitati presso il suo studio. L'ambiente era pieno di mobili imponenti, scuri e pesanti, sicuramente anche parecchio costosi. Le persiane erano semichiuse e alcuni raggi di sole tagliavano in maniera netta la stanza, rivelando minuscoli granelli di polvere. Carlos e Sabrina si accomodarono su due poltroncine che, nonostante apparissero ben imbottite, erano dure e scomode.
«Lei non mi ha detto tutta la verità, quindi mi devo tirare indietro!» affermò Ruggieri, senza alcun preambolo e bruscamente.
Ferrando iniziò a chiudere e ad aprire con movimenti meccanici la penna che aveva in mano.
«Ormai ha accettato.» dichiarò, dopo averlo studiato in volto per qualche secondo.
Ruggieri scosse il capo e indurì lo sguardo.
«Perché ha scelto quei ragazzi? Me lo dica! Quale legame ha con loro?»
Sul volto di Ferrando comparve un sorrisetto furbo.
«È davvero bravo!» ammise, continuando a sogghignare, «Mi pare di intuire che lei abbia già capito...»
Ruggieri annuì nell'immediato «Allora è inutile che giri intorno alla verità. Potrei inventare mille scuse, ma il motivo reale è che sono il padre biologico di tutti e tre.»
Sabrina si lasciò sfuggire un lamento. Il padre? Com'era possibile? Come se i suoi occhi fossero due palline da tennis, rimbalzarono più volte su Ruggieri e su Ferrando.
«Trent'anni fa le cose erano molto diverse.» raccontò, togliendo i gomiti dalla scrivania e sprofondando nello schienale, «Le coppie che non potevano avere figli in Italia non avevano molte alternative. Io avevo un

disperato bisogno di soldi per mantenere a galla la mia impresa, loro ne avevano troppo pochi per rivolgersi a una clinica all'estero e così ci siamo messi d'accordo.» sospirò, cercando per la prima volta di nascondere il suo sguardo, «All'epoca non pensavo ai figli. Il mio unico amore era il lavoro. Quindi ho accettato di mantenere il segreto, ma adesso è tutto diverso. Ho bisogno di un erede! E a chi dovrei lasciare tutto se non a chi ha il mio stesso sangue che gli scorre nelle vene?»
Sabrina iniziò a capire le domande e il ragionamento di Carlos: ecco perché era rimasto colpito dal fatto che fossero figli unici e che le loro madri si fossero conosciute in ospedale. Era davvero geniale, questo doveva ammetterlo! Ed ecco spiegato anche l'accordo di riservatezza.
«Perché non divide la sua fortuna fra tutti e tre?» chiese Sabrina, ancora incredula e incapace di trattenersi.
«No, questo è fuori discussione. Il mio impero deve restare unito! Le società tra parenti o amici non sono mai un'opzione vincente.» Mentre pronunciava quelle parole, vide nei loro volti un profondo smarrimento «Il lavoro continua a essere il mio unico grande amore. Dopo di me, tutto quello che ho creato deve continuare a splendere!» esclamò, con gli occhi lucidi.
Infine, pensando a lungo prima di parlare, concluse:
«Forse per un lavoro simile sarebbe più indicato un uomo. Con questo non voglio influenzarvi più del necessario, ma vi esorto a studiare per bene Pietro e Filippo.»
Ruggieri fece per alzarsi poi, colto da un pensiero, socchiuse le palpebre e gli domandò.
«Mi tolga una curiosità, quel giovane avvocato che l'ha accompagnata alla cena non ha gradito la sua

scelta, vero?»
Riccardo allargò le braccia e sospirò.
«Non le sfugge proprio nulla...» mormorò «Matteo è un ragazzo in gamba, capace e ambizioso. Sa, molti mi hanno criticato per averlo scelto come mio avvocato. Troppo giovane, dicevano. Ma io non guardo l'età, solo la bravura. Tra noi in questi anni si è creato un legame molto stretto, confidenziale. Lui semplicemente non sa che quei tre giovani sono figli miei e per questo disapprova la mia scelta. Come dargli torto? Forse avrei dovuto informarlo prima della cena, ma sapevo che si sarebbe opposto.»

***

Dopo quello strano incontro, Ruggieri e Sabrina andarono a pranzare da nonna Dora. La vecchietta li aveva invitati non per godere della loro compagnia, ma per saperne di più su quell'ultimo caso.
«Quindi lui è il padre biologico!» esclamò l'anziana, spalancando gli occhi e iniziando a tormentare le perle al collo.
«Già! E non vuole che tutti i figli possano giovare della sua eredità!» ribadì Sabrina, ancora scandalizzata che un uomo potesse spingersi a tanto.
«Tu, Dora, su cosa ti baseresti per scegliere?» intervenne Carlos.
L'anziana diede due piccoli colpi di tosse per mandare giù il boccone. Era sempre lusingata quando l'investigatore la interpellava.
«Allora...» prese tempo «guarderei prima chi ha più bisogno e poi controllerei se è una persona onesta.»
Ruggieri bevve un sorso di tè, Dora l'aveva preparato per lui per accompagnare il pasto. Lo conosceva e faceva di tutto per coccolarlo.

«E se trovassimo un modo per dividere l'eredità in tre parti uguali?» propose lui.
Nonna e nipote si voltarono l'una verso l'altra per scambiarsi un sorriso complice e di approvazione, ma non fecero in tempo a replicare che il cellulare di Carlos squillò.
Tutti e tre furono colti da una brutta sensazione, percepirono la suoneria come se fosse più acuta del solito e iniziarono a fissare l'oggetto con diffidenza.
Quella sgradevole impressione si rivelò una specie di presentimento e, se Rosina o Addolorata fossero state lì con loro, un forte 'te l'avevo detto!' sarebbe uscito dalle loro bocche.
L'investigatore rispose e impallidì. Si limitò a dire poche parole che non fecero intendere molto né a Dora né a Sabrina.
«Dobbiamo raggiungere il Capitano Corso. Uno dei tre...» e non ebbe bisogno di concludere perché nonna e nipote avevano già capito.

***

Carlos e Sabrina arrivarono nella via del Tribunale dove trovarono numerose Gazzelle ferme di fronte a un palazzo e diversi Carabinieri in azione. Ruggieri notò nel gruppo il brigadiere Valini, un caro amico con cui in passato aveva collaborato. L'uomo, subito raggiunto dal Capitano, lo informò che due giovani erano appena stati portati in Caserma in qualità di testimoni per rilasciare la loro deposizione.
Prima di poter avere maggiori informazioni, videro uscire dal condominio alcuni uomini che spingevano una barella. Siccome numerosi curiosi si erano appostati ai lati della strada per capire cosa fosse accaduto, il brigadiere Valini dovette farli spostare e far cenno a

un collega di accompagnare Carlos e Sabrina verso l'ambulanza. L'investigatore alzò appena il lenzuolo e vide il volto pallido di Maria, le palpebre chiuse e la bocca serrata. Indossava un abitino molto elegante e si era truccata con grande cura.

Attesero che venissero eseguiti i rilevamenti necessari nella zona e all'interno del monolocale e, infine, dopo aver indossato i copriscarpe e i guanti di lattice, entrarono nella scena del crimine. Era un ambiente piccolissimo, dov'era impossibile che ogni oggetto avesse il proprio posto; un po' troppo disordinato per i gusti di Ruggieri. L'unico tavolo presente nell'appartamento era multifunzione, sopra di esso ci si poteva trovare di tutto: una tazza vuota con un filtro della camomilla, probabilmente della sera prima, un computer, alcuni fiori secchi, un astuccio, una boccetta di smalto, un pacco di biscotti aperto e, per terminare, un mucchietto di oggetti vari accatastati in un angolo che, a giudicare dal quantitativo di polvere, dovevano essere stati lasciati lì da molto. Ruggieri scrutò l'ambiente con estrema cura e, dal momento che tutto era già stato fotografato, iniziò a esaminare gli oggetti. Prese in mano lo smalto, curiosò dentro la tazza e spostò un altro paio di oggetti. Poi, il suo sguardo cadde nel punto che aveva cercato di evitare: un angolo del tavolo era macchiato e nella stessa zona, a terra, c'era ancora una pozza di sangue.

«Quella è una falsa pista.» pronunciò il Capitano Corso, appena Ruggieri terminò le sue ispezioni, «Il medico legale ha dichiarato che la causa della morte è sicuramente da attribuire a un trauma cranico, ma le ferite non corrispondono allo spigolo del tavolo. Chiunque sia stato ha adoperato qualcos'altro e poi ha cercato di far pensare a una caduta.»

«Avete trovato il possibile oggetto?» si informò Sa-

brina.
Il brigadiere Valini scosse il capo.
«No, chissà dove sarà stato gettato.»
Ruggieri si era chinato sulla chiazza di sangue. Con la punta del pollice e dell'indice estrasse da sotto un mobiletto, accanto al tavolo, un foglietto bianco, in alcuni punti macchiato di rosso. Si girò verso gli altri e lo capovolse, portando alla luce uno schizzo di un'araba fenice.
Rimasero fermi per pochi secondi: quell'immagine simbolo di rinascita e libertà aveva fatto sprofondare tutti loro in tristi pensieri.
«Come mai mi avete chiamato?» domandò Carlos, mentre il Capitano aveva aperto una busta plastificata per riporre il foglietto.
«La vittima aveva appoggiato il suo biglietto da visita sul tavolo e abbiamo pensato che potesse sapere qualcosa di utile.»
L'investigatore sospirò. Ripensò ai documenti di riservatezza che tutti loro avevano firmato durante la prima cena e scelse, solo per il momento, di non dire nulla. Temeva che la vita degli altri due ragazzi potesse essere in serio pericolo e, prima di sbilanciarsi, doveva assolutamente parlare con loro.
«No...» rispose lentamente «Il medico legale ha già saputo indicare un'ora approssimativa del delitto?»
«Intorno alle 14.» riferì Corso «Vedo che il caso le interessa.»
«Sì, la vita di una giovane donna stroncata in questo modo merita giustizia!»
Il Capitano, accettando ancora una volta di collaborare con lui, gli riferì gli ultimi dettagli in suo possesso sul caso.

***

Pietro e Filippo, entrambi vittime dell'ansia, erano entrati in Caserma quasi tremando, cosa che poteva benissimo essere attribuita al drammatico evento, ma anche riconducibile a ben altre ipotesi. Prima che i Carabinieri li dividessero si erano rivolti una strana occhiata che uno dei brigadieri presenti colse senza riuscire a decifrarla. Un incoraggiamento? Un modo per sostenersi? O forse si erano messi d'accordo su cosa dire? Qualcosa in quegli occhi l'aveva lasciato perplesso. Lasciando da parte quella sensazione, chiuse la porta alle sue spalle e ascoltò prima una, poi l'altra deposizione. Si conoscevano da sempre, un tempo erano stati amici, ma con il passare degli anni si erano persi di vista. Si erano recati presso il monolocale di Maria perché proprio quest'ultima li aveva invitati con un messaggio. Non avevano molto altro da dire: la porta era socchiusa ed era bastato aprirla appena per scoprire il macabro ritrovamento. Nessuno dei due rivelò il reale motivo per cui li aveva contattati, rimasero sul vago alludendo a un pomeriggio di ritrovo tra vecchi amici. E soprattutto non citarono il nome di Ferrando né raccontarono dell'invito a cena.

Ad aspettarli fuori dalla Caserma, c'erano Ruggieri e Sabrina. I due giovani quando li videro provarono uno strano senso di rassicurazione. Era bello poter finalmente parlare con qualcuno che conosceva tutta la verità.

Poco dopo erano tutti nello studio di Carlos. Lui e Sabrina da un lato della scrivania, con i volti offuscati dal vapore di una grossa teiera, e i due giovani dall'altro, con le facce deformate dalla preoccupazione.

«Mi dica, ora perderemo l'opportunità di ereditare tutto?» chiese Pietro, senza temere di risultare inop-

portuno.
Nella sua vita era sempre stato diretto e non avrebbe certo mutato il suo carattere nemmeno di fronte a un decesso.
«Mi sembra un aspetto secondario!» lo riprese Carlos «Ora raccontatemi cos'è accaduto.»
«Ho ricevuto questo messaggio.» disse ancora Pietro, mostrando il cellulare.
'Vieni subito a casa mia, dobbiamo parlare.' lessero a mente Carlos e Sabrina.
«Anch'io. È identico!» e porse anch'egli il telefonino.
«Sono arrivato io per primo.» dichiarò Pietro «La porta del suo appartamento era aperta e ho visto il corpo a terra in una pozza di sangue.»
«Io sono giunto poco dopo.» continuò Filippo «Ho detto a Pietro che doveva chiamare i Carabinieri, visto che non l'aveva ancora fatto!.» deglutì rumorosamente, forse per scacciare il nodo che avvertiva in gola, «Noi per adesso non abbiamo detto nulla ai Carabinieri. Lei cosa ci consiglia di fare?»
Pietro si voltò verso l'amico e lo gelò:
«Nulla! Non ricordi che abbiamo firmato un accordo di riservatezza? Vuoi perdere tutto?»
Filippo non fiatò, ma furono gli occhi a parlare per lui: non aveva intenzione di perdere nulla.
«Intanto ditemi dov'eravate alle due.» si informò Carlos, riportando entrambi al nocciolo della questione.
«Non sospetterà di noi!» sbottò Pietro «Comunque ero nel mio appartamento.»
«Io ero nella sala per tatuatori. Stavo lavorando a dei progetti.»
«C'era qualcuno con voi?»
I due giovani, come se si fossero messi d'accordo, abbassarono lo sguardo nel medesimo momento. Anche i Carabinieri erano arrivati a quella domanda e

purtroppo la risposta non poteva che essere le medesima: no!
Ruggieri bevve un lungo sorso di tè e, senza commentare, proseguì:
«Questa mattina di cosa avete parlato dopo aver lasciato il mio studio?» ricordava di aver notato che i tre ragazzi non vedevano l'ora di poter restare da soli.
Il volto di Pietro si contrasse in un'espressione rigida e Filippo raccontò:
«Ho proposto di votare. In fondo eravamo in tre, chi avesse raggiunto la maggioranza sarebbe stato scelto da Ferrando.»
«E chi ha vinto?» domandò Sabrina, sporgendosi verso di loro.
«Maria.» rispose Pietro, in tono asciutto, «Naturalmente non ero d'accordo. Io ho votato per me stesso. Mentre lui» il suo tono era cambiato, si era indurito ed era pieno di disprezzo, «ha votato per lei. Maria ha pensato a se stessa.» concluse, livido per l'ira.
«Perché ha votato per Maria?» gli chiese Ruggieri, senza giri di parole.
«Mi è sembrata quella più in difficoltà. In fondo noi abbiamo il nostro lavoro...» fece una pausa, si voltò verso Pietro e disse: «Tu l'hai minacciata quel giorno! E sei arrivato per primo all'appuntamento! Sei stato tu?»
«Assolutamente no!» ringhiò l'altro, mentre la fronte si imperlava di sudore, «E intanto quella votazione non aveva senso. Anche tu vuoi tutti quei soldi, te lo leggo in faccia.» replicò, guardandolo come chi riesce a cogliere negli altri le emozioni che conosce a fondo; in questo caso l'avidità.
Filippo non lo contraddisse e abbassò ancora una volta la testa.

CAPITOLO IV

Carlos volle dare di persona la notizia della morte di Maria a Riccardo Ferrando. Quella sera stessa si presentò senza preavviso nel suo studio e l'uomo, in compagnia del suo avvocato, non lo accolse nel migliore dei modi.
«Ancora qui? Ha altre lamentele da fare?»
Carlos scosse il capo e gli comunicò la triste notizia.
Fu la reazione di Matteo a catturare l'interesse di Sabrina. Gli parve spaventato e continuava a adocchiare la porta, come se non desiderasse altro che andarsene.
«Non è possibile!» esclamò Riccardo, con la voce spezzata dal dispiacere.
Poi, diede un vigoroso pugno sulla scrivania.
«Mi dica dov'era alle due di oggi pomeriggio.» lo invitò Ruggieri, dopo averlo lasciato sfogare.
«In giro per delle commissioni.» rispose, in tono asciutto.
«Da solo?»
«Sì...» rispose a denti stretti.
«Ha più incontrato uno dei tre giovani?»
Sabrina colse nel loro interlocutore un piccolo accenno di destabilizzazione.
«No.» si limitò a dire.
Matteo girò la testa dall'altra parte per evitare di farsi vedere in faccia.
«Allora non è stato lei a incontrare Maria per pranzo?» lo incalzò l'investigatore.
Carlos era certo fosse andata così: la giovane si era cambiata dopo il loro appuntamento nel suo ufficio ed era vestita in modo troppo elegante al momento della

morte. Era una ragazza romantica, l'aveva capito fin dall'inizio.

Il primo istinto di Riccardo fu quello di negare ma alla fine, stremato da una serie di domande incalzanti e messo alle strette dallo sguardo severo di Ruggieri, cedette. Cercò prima un supporto nello sguardo dell'avvocato, poi raccontò:

«Sì, Maria mi ha contattato per informarmi che erano giunti a una decisione. L'ho invitata a pranzo per mezzogiorno in un locale poco distante da casa sua, dove mi ha informato che sarebbe stata lei a prendere le redini della mia impresa.»

«E anche lei lo sapeva?» chiese Carlos, rivolto all'avvocato.

Matteo suo malgrado trasalì.

«Sta parlando con me?» e al cenno affermativo di Ruggieri soggiunse «Sì, Ferrando mi ha subito informato affinché preparassi i documenti necessari.»

«Era soddisfatto della scelta finale?»

Gli occhi azzurri dell'investigatore erano tornati su Riccardo.

«Per me era indifferente chi fosse fra loro tre. Comunque, avrei atteso anche il suo parere prima di prendere la decisione finale.»

«La scorsa volta mi sembra di ricordare» precisò l'investigatore in tono ironico «che pensasse più a un erede maschio.»

Riccardo sbuffò rumorosamente.

«La scorsa volta... la scorsa volta...» ripeté infuriato «Insomma, sono cose che si dicono! Se avessi pensato davvero questo, non li avrei contattati tutti e tre. Non avrei nemmeno chiesto il suo aiuto! Diamine!» scosse il capo più volte «Anzi, la sollevo immediatamente da quest'incarico. Mi faccia avere la sua parcella.»

Ruggieri non si oppose, adesso era libero dall'accordo di riservatezza.

***

Per poter discutere tranquillamente del caso, Ruggieri andò a cenare a casa di Sabrina, dove Dora ascoltava ogni singola sillaba avidamente.
«Dobbiamo sospettare di tutti!» esclamò la nonna, usando di proposito il noi, perché lei si sentiva parte del gruppo.
«Assolutamente!» sottolineò Carlos.
Sabrina lo guardò spaesata, per una volta erano tutti e tre sulla stessa lunghezza d'onda. Non era pronta a quell'evento, quindi si fece prendere da uno dei suoi soliti monologhi, ma questa volta aveva un pizzico di entusiasmo in più.
«In effetti, sia Pietro che Filippo avrebbero un movente validissimo. Il primo è spietato, desidera raggiungere il suo obiettivo e non vuole intralci. Il secondo potrebbe essersi pentito di aver votato Maria. Magari si sono pure messi d'accordo. E anche Riccardo ha cambiato con troppa rapidità la sua versione, ha pure voluto sbarazzarsi di noi...» iniziò così un'intricata discussione.
«Non correre troppo, ci sono alcuni piccoli *fatti* che, proprio perché sembrano inutili, sono passati inosservati. Dobbiamo concentrarci su quelli.» sottolineò, senza però specificare a cosa si riferisse.
Nonna e nipote si guardarono con aria interrogativa: andava sempre a infilarsi in pensieri strani, ma quello era il vero Carlos, non quello che acconsentiva!

CAPITOLO V

La mattina seguente, Sabrina non vedeva l'ora di esporre le sue nuove considerazioni sul caso a Ruggieri. L'investigatore era già seduto sulla sua poltroncina e stava bevendo il solito e immancabile tè bollente.
«Penso che il colpevole possa essere Ferrando.» dichiarò subito lei «Ci ho pensato tutta la notte. In fondo chi ci garantisce che abbia salutato Maria davvero all'una. Sì, il movente di Pietro o di Filippo è più solido...» fece una pausa «Magari anche Riccardo ha un movente più forte di quello che ho ipotizzato ieri, solo che è un po' più nascosto: Maria poteva aver scoperto la sua identità e l'aveva minacciato.»
Carlos non commentò quello che ai suoi occhi pareva più un episodio di un telefilm che un crimine reale. Invece, la informò delle ultime novità:
«Prima che arrivassi, ho sentito il Capitano Corso. Hanno controllato le posizioni dei due ragazzi attraverso le celle telefoniche agganciate dai loro telefonini e i dati ottenuti hanno confermato la loro versione.»
Gli occhi della sua assistente brillarono: i Carabinieri non sapevano dell'esistenza di Riccardo Ferrando, chissà quale informazione avrebbe dato un'analisi sui suoi spostamenti. La sua ipotesi pareva sempre più concreta.
«Ho anche contattato Pietro e Filippo per sapere se erano a conoscenza del pranzo tra Maria e Riccardo.» fece una piccola pausa e concluse: «Entrambi sono caduti dalle nuvole e devo ammettere che mi sono

parsi sinceri. Credo non sapessero che l'amica non aveva perso tempo.»
Sabrina lo stava ascoltando con attenzione e stranamente non avvertiva il solito impulso a interromperlo. Dopo quello scambio di informazioni e una tazza di tè caldo, l'investigatore disse a Sabrina di voler tornare presso l'appartamento di Maria. La giovane non capì cosa potesse ancora sperare di vedere, ma lo seguì senza chiedergli nulla.
Appena giunti sul posto, Ruggieri iniziò a citofonare a tutti i condomini per chiedere loro se, il giorno del delitto, avessero visto un giovane alto, con un fisico asciutto e i capelli castani. La prima volta in cui lui fece questa descrizione, Sabrina rimase di stucco perché non corrispondeva a Pietro e nemmeno a Filippo.
«Matteo... il giovane avvocato...» le venne in mente e bisbigliò, ricevendo un cenno di consenso da parte di Carlos.
Dopo una lunga serie di insuccessi, finalmente un'anziana signora, Gemma, rispose di sì e aprì loro il portone per farli salire nel suo appartamento.
Un gruppo di gatti - era impossibile contarli - corse incontro ai due ospiti. La vecchietta cercò di allontanarli richiamandoli con versi e crocchette in premio, ma i mici belli grassocci non si fecero corrompere e restarono a strusciarsi tra le gambe di Carlos e Sabrina. A fatica raggiunsero la cucina dove c'erano più ciotoline che piatti.
«Posso offrirvi qualcosa?» domandò Gemma, aggiustandosi gli occhiali sul naso.
«No, la ringrazio. Volevamo solo che ci descrivesse l'incontro con quel ragazzo.» provò a dire Ruggieri, mentre un gatto, il più grasso, gli si era arrampicato sulle spalle e strusciava il muso sul suo viso.
Sabrina, presa anche lei di mira da un altro felino

bramoso di coccole, si morse un labbro per non ridere di fronte all'assalto su Carlos.
«Certo, certo!» commentò Gemma «Dovevano essere le due.»
«Ne è proprio sicura?» si accertò Sabrina.
«All'incirca le due. Forse le due e un quarto o le due e venti...» tentennò, continuando a spostare gli occhiali sul naso come se fossero uno strumento d'aiuto per la memoria, «Di sicuro non oltre le due e trenta. A quell'ora ero per strada e ho sentito le campane suonare.»
Carlos scrollò una gamba perché un gatto, rilassato e ormai in confidenza, aveva iniziato a massaggiarlo con le sue zampette, non prive di affilati artigli.
«È un gesto d'affetto!» esultò Gemma «Le vuole già bene! Allora lei deve essere una brava persona!»
Ruggieri smise di dimenare la gamba e lasciò il micio libero di dimostrargli quell'affetto così doloroso. Le rivolse un sorriso e continuò:
«E ha notato qualcosa di strano in quel ragazzo?»
Ennesima aggiustatina di occhiali.
«No, non ne ho avuto il tempo. È corso come un fulmine fino al portone!»
Dopo aver parlato con Gemma, Carlos chiese a Sabrina di organizzare un incontro con tutti presso la Caserma dei Carabinieri: era giunto il momento del confronto finale.

***

Il Capitano Corso, aggiornato da Carlos, non gradì la scelta dell'investigatore. Avrebbe dovuto informarlo subito e non tenerlo all'oscuro in merito a fatti così importanti e che avrebbero potuto rivelarsi decisivi!
«Non dovrebbe prendere queste iniziative...» mormo-

rò severo, aspettando che tutti gli altri, compreso il brigadiere Valini, entrassero nel suo ufficio.
Riccardo Ferrando varcò la soglia a testa alta, senza degnare nessuno di uno sguardo. Fin dal momento in cui aveva saputo della triste fine di Maria, aveva capito che i suoi piani sarebbero stati rivelati. Il saperlo non gli aveva indorato la pillola e in quel momento avrebbe voluto essere ovunque, tranne che lì. Si sedette e, continuando a far finta di essere solo, fissò la parete che aveva di fronte. Dietro di lui c'era Matteo. Gli occhi scuri fissi sulle sue scarpe e le mani ben nascoste nelle tasche dei pantaloni. Quando Sabrina l'aveva contattato, il giovane aveva più volte espresso il desiderio di non essere coinvolto in una questione che non lo riguardava ed era stato difficile convincerlo a presenziare.
Pietro e Filippo si erano seduti vicini e, il primo in un modo, il secondo in un altro, mostravano il desiderio di fare in fretta.
Sabrina si era avvicinata a Valini, mentre Ruggieri si era messo al centro della stanza.
"Sempre più vanitoso!" considerò la sua assistente, notando che quella posizione centrale lo soddisfaceva molto.
«Perché ci ha riunito?» domandò Ferrando.
«So a chi deve lasciare la sua impresa.» rispose, accennando un sorriso, «Ma prima dobbiamo far luce sulla morte di Maria.»
Pietro e Filippo si fulminarono a vicenda con uno sguardo: la sfida era ancora aperta.
«Ricostruiamo insieme la giornata della vittima. Durante la mattina, Maria si è recata nel mio ufficio. Dopo il nostro colloquio, non avete seguito il mio consiglio e avete pensato di fare di testa vostra, decidendo di votarvi e Maria ha ottenuto la maggioranza.

Allora, la giovane ha pensato di pranzare con Ferrando per comunicargli la notizia. Quando è tornata a casa, ha ricevuto una visita inaspettata ma, poiché ha aperto la porta, doveva conoscere questa persona. Infine, è stata uccisa.» riepilogò, girando su se stesso per poterli osservare.
«I Carabinieri hanno analizzato le vostre posizioni» continuò, rivolto ai due giovani, «e corrispondono alle vostre versioni. Hanno anche analizzato le impronte sul telefono di Maria ed è stata proprio lei a digitare quel messaggio. Almeno così sembrerebbe...» e cambiò all'improvviso tono di voce «Il colpevole ha pensato a tutto: eliminare Maria, scrivere il messaggio in cui invitava a casa sua Filippo e Pietro utilizzando la mano della vittima, sapeva di non poter pulire lo schermo, questo avrebbe reso chiaro che non era stata lei a scriverlo. Il suo obiettivo era che il corpo venisse trovato proprio da voi.» e guardò ancora i due giovani.
Pietro e Filippo non si mossero dalle sedie, intenti ad ascoltare i ragionamenti dell'investigatore.
«Ricordiamoci che chiunque fra voi avrebbe avuto un valido motivo per commettere questo omicidio.»
«Io no!» protestò Ferrando, finalmente guardando in faccia uno dei presenti, «E nemmeno il mio avvocato! Non capisco nemmeno perché lei abbia convocato anche lui!»
«Ne è davvero sicuro?» gli occhi color ghiaccio di Carlos erano rivolti a Matteo «Non ha nulla da dire?»
Un singhiozzo ruppe il contegno costruito e mantenuto con tanta fatica dal giovane.
«Lei mi considerava il figlio che non aveva avuto...» gli si annebbiò la vista per le lacrime «Quando le ho consigliato di fare testamento, ho pensato che avrebbe lasciato tutto a me... di chi poteva fidarsi se non di

me?»

Riccardo inarcò le sopracciglia per lo stupore e coprì la bocca con la mano in un gesto che esprimeva sgomento.

«Allora hai creduto di dover commettere un omicidio!» sbottò, mentre la collera si impossessava di lui.

Matteo, con il volto paonazzo, chinò la testa per non dover guardare nessuno in faccia. Sentiva che quegli sguardi erano pesanti come macigni.

«Quando ho saputo che era stata scelta Maria, ho pesato di andare da lei per farla ragionare. Non poteva farsi carico di un lavoro simile. Volevo proporle il mio aiuto...» con la bocca asciutta gli risultava sempre più difficile parlare «Al mio arrivo... purtroppo lei era già morta!» urlò, alzando finalmente la testa per cercare aiuto e comprensione in qualcuno.

«Non continuare con le menzogne!» lo redarguì Riccardo, ma Ruggieri si intromise e offrì uno spiraglio di luce al giovane.

«So che sta dicendo la verità!»

Matteo sentì svanire il peso che l'aveva fatto afflosciare e tornò a sedersi con la schiena dritta.

«Dietro questo crimine c'è una personalità subdola e incredibilmente avida.» proseguì l'investigatore, tornando a Pietro e Filippo che avevano iniziato a scalpitare come due cavalli.

«Cosa dice?» borbottava uno. «Anche i Carabinieri hanno dimostrato la veridicità delle nostre parole.» continuava l'altro.

Le loro proteste si accavallavano, le loro voci mescolate non si distingueva, ma questo aveva poca importanza perché il concetto era lo stesso. All'improvviso si alzarono e il brigadiere Valini fu costretto a intervenire per ripristinare l'ordine.

«È tutto così semplice, talmente semplice che non è

stato considerato: l'assassino non ha portato con sé il cellulare e, dopo aver commesso il delitto, è tornato a prenderlo.» spiegò Carlos «Al giorno d'oggi nessuno commetterebbe un errore simile!»
«Specialmente se nella vita si lavora con l'informatica!» puntualizzò Filippo, voltandosi verso Pietro.
«Ma cosa cerchi di insinuare?» si ribellò l'altro.
Prima che nascesse il solito diverbio fra i due, Carlos puntò Filippo e lo accusò in modo definitivo: «Sei stato tu!»
Il ragazzo si alzò di nuovo in piedi e protestò:
«No! È stato Pietro, lui era l'unico ad avere un movente! L'aveva anche minacciata! Ed è arrivato prima di me sul posto! Avrebbe avuto tutto il tempo! Quando l'ho raggiunto non aveva avvisato nessuno, sono stato io a dirgli che doveva farlo! Forse, se non fossi arrivato, se ne sarebbe andato e l'avrebbe lasciata lì!»
L'investigatore negò con movimenti decisi.
«Questo non ha importanza. Probabilmente Pietro ha avuto paura di essere indagato, ma tu hai organizzato questo piano! Hai escogitato un sistema per sbarazzarti sia di Pietro che di Maria. Prima hai proposto di votare, hai dato la tua preferenza a lei in modo che nessuno potesse pensare che tu avessi un motivo valido per sbarazzarti di lei. Sapevi che loro avrebbero votato per se stessi e che dovevi dare il tuo voto a Maria perché ci fosse una discussione tra loro. Così, quando vi ho interrogati, mi hai subito informato sul loro diverbio! Avevi previsto per filo e per segno la reazione del vostro amico. Conoscendolo, sapevi che si sarebbe messo nei guai con le sue stesse mani.»
Il giovane si lasciò cadere sulla sedia e rimase in silenzio mentre tutti lo fissavano con astio.
«Non hai preso il cellulare, in modo che sembrasse

che non ti fossi mosso dallo studio. Hai colpito Maria alla testa con un oggetto che avevi portato con te e poi hai inscenato il finto incidente. Doveva apparire come una colluttazione finita male. Doveva sembrare che Pietro, giunto prima di te sul luogo, avesse approfittato di quel tempo per discutere con lei e, preso dall'ira, l'avesse spinta contro il tavolo. Quindi, hai inviato i due messaggi. Sei andato nel tuo studio, hai preso il cellulare e sei tornato da Maria. Lì, hai aspettato che Pietro arrivasse per poterlo raggiungere poco dopo.»
«Le sue sono supposizioni! Nulla di più!» si difese Filippo.
«Un dettaglio ti è sfuggito...» mormorò Carlos.
Il giovane si morse la lingua, ma lo guardava paventando di sapere a cosa si riferisse.
«Immagino che tu abbia raggiunto Maria con la scusa di festeggiare, magari le hai proposto di dare un'occhiata ad alcuni schizzi per un tatuaggio, simbolo di questo cambiamento...»
Fu allora che tutti, o quasi, all'interno di quella stanza visualizzarono nelle loro menti il foglietto macchiato di sangue e caduto a terra, il disegno stilizzato di un'araba fenice.
«Non sarà difficile analizzare il tipo di inchiostro e altri elementi simili per risalire alla fonte.» dichiarò con sicurezza Ruggieri.
Quel disegno gli aveva ricordato fin da subito quelli che creano i tatuatori prima di realizzare un lavoro. Erano stati gli stessi ragazzi a dirgli che non si vedevano da tempo, per cui non poteva risalire a giorni o mesi prima. Anche il fatto che non era stato ammucchiato nella pila di cose dimenticate sul tavolo dimostrava che Maria aveva maneggiato quel foglietto di recente.

Il Capitano Corso si alzò, sbandierando con la mano la bustina contenente la prova, e raggiunse l'investigatore per sostenerlo in quella tesi, anche se a dir la verità non sarebbe stata un'analisi così facile come voleva farla passare.
Fu quel piccolo dettaglio, quel minuscolo collegamento a far crollare Filippo.
«Non ne potevo più! Avevo bisogno di soldi, ma sapevo che per colpa del mio aspetto sarei stato scartato a priori, è sempre stato così. La partita se la giocavano lo studioso e la ragazza innocente.» ringhiò, mostrando una natura feroce fino a quel momento ben nascosta.
Il brigadiere Valini non aveva bisogno di sentire altro. Lo ammanettò e lo informò sul suo stato di fermo.
Pietro, come se non fosse accaduto nulla, si avvicinò subito a Ferrando e iniziò a parlare con lui. Dovevano mettersi d'accordo sul da farsi: desiderava conoscere a fondo l'impresa e imparare tutto ciò che era necessario per gestirla. Riccardo fu sorpreso da quella reazione e, mentre tutti gli altri giudicarono il giovane in maniera negativa, in lui si accese la speranza di aver davvero trovato il miglior erede possibile. Proprio come lui, quel ragazzo amava lavorare, era ambizioso e non permetteva a nulla, nemmeno alle emozioni più viscerali, di fermarlo. Era una macchina da guerra.

***

«Solo da quel disegno hai capito tutto!» si complimentò Dora, la prima ad essere informata sulla risoluzione del caso.
«Non solo!» la corresse Carlos «Non mi è piaciuto il modo in cui Filippo ha cercato di far cadere i sospetti su Pietro. Un ragazzo così ambizioso, che progetta il

suo futuro con tanto impegno, non avrebbe mai rischiato tutto commettendo un omicidio! È determinato, ma molto cauto!»

In effetti, dovette ammettere Dora, anche l'omicidio riesce a riflettere con estrema chiarezza la personalità di chi lo commette.

Intanto, a casa Ruggieri, Rosina aveva appena aperto un cassetto per riporre, vicino ad altri oggetti dalla medesima funzione, il ciuffetto di salvia bianca. Anche questa volta i suoi rituali, quelli che Carlos detestava tanto, avevano funzionato e lo avevano protetto.

"Non potevo innamorarmi di un panettiere?" domandò a se stessa, ridacchiando.

Prese un fazzoletto di cotone bianco e avvolse al suo interno le erbe in modo che conservassero intatto il loro aroma. Infine, fece scorrere in dentro, aiutandosi con entrambe le mani, il cassetto.

Bene! Ora era pronta per aspettare il ritorno del marito e accoglierlo nel migliore dei modi!

ULTIMA CORSA

TORTA DI CAROTE

INGREDIENTI: 300 g carote, 100 g farina di mandorle, 100 g farina integrale, 150 g farina 00, 180 g zucchero di canna, 90 g olio di semi, 3 uova, scorza d'arancia, zenzero in polvere e 1 cucchiaino di lievito per dolci.

PROCEDIMENTO: Grattugiare finemente le carote e aromatizzarle con la scorza d'arancia e lo zenzero. Montare le uova con lo zucchero fino a ottenere una spuma leggera. Aggiungere a filo l'olio e infine le farine, insieme al lievito, un cucchiaio alla volta amalgamando con cura il composto. Cuocere la torta a 180°, forno statico, per circa 45/50 minuti.

La torta può essere decorata con la glassa all'acqua. Per realizzarla basta mescolare qualche cucchiaio di zucchero a velo con qualche goccia d'acqua fino a ottenere una crema liscia e densa.

CAPITOLO 1

Un secco, sordo lamento uscì dalle labbra serrate e grinzose di Maria.
«Troppa gente...» borbottò una prima volta, distogliendo per un attimo gli occhietti dal lavoro a maglia, «troppa gente verrà! Vedrai che caos!» ripeté, fissando l'amica che era intenta a risolvere un difficilissimo anagramma della sua rivista preferita, «Non capisco perché abbiano organizzato questo circo proprio qui! Certe cose vadano a farle in città...» e chiuse la frase con un altro lamento, ancora più marcato, per denotare tutto il suo disappunto.
«Smettila!» esclamò Lorena, stanca di quelle lamentele, continuando a battere la penna sul giornalino, «Non ti sta mai bene nulla. Vogliono dare valore ai piccoli borghi, farli rinascere, per questo motivo hanno organizzato la maratona nel nostro meraviglioso bosco. L'ho letto sul giornale.»
«E tutto il resto?» protestò Maria, mentre un fremito di indignazione le faceva vibrare le grosse narici, «Banconi con diverse cibarie, bancarelle con merci varie... è un'esagerazione! Per non parlare di quella terribile 'caccia al tesoro' organizzata da quell'uomo che risolve crimini! A chi può venire un'idea così macabra e di cattivo gusto?» e il suo solito lamento si fece nuovamente sentire, mentre il gomitolo di lana rossa nella borsa continuava a sobbalzare al ritmo delle sue proteste.
«Per far divertire i turisti.» rispose laconica l'amica «Alla gente piacciono gli enigmi. E hanno affidato il progetto al famoso detective ligure per farsi pubblici-

tà! Lo sai che le classifiche di libri venduti indicano che la gente preferisce in assoluto i gialli, i thriller e i polizieschi?»
«Segno che stiamo davvero andando in malora.» decretò l'altra, alzando di colpo gli occhi dal lavoro.
Due grossi pullman si erano appena fermati poco lontano dalle due anziane, sedute accanto alla chiesetta del paese. Da questi scesero gruppi di giovani e Maria, preoccupata e diffidente, iniziò ad adocchiarli a uno a uno. Si sfregò energicamente gli occhi, sperando di mettere a fuoco quelle facce perché se da vicino la sua vista era impareggiabile, da lontano non poteva dire lo stesso. A compensare quella mancanza aveva un udito strepitoso. Quindi, con pazienza cercò di memorizzare quei volti sconosciuti e quelle voci nuove... era meglio non fidarsi!

***

Carlos Ruggieri, un investigatore privato noto per la sua bravura nel risolvere i casi più intricati, era stato invitato a Trioggia per fornire le istruzioni ai partecipanti della 'caccia al tesoro'. Gli era anche stato commissionato il compito di organizzare i dettagli di tutta quanta la ricerca e in questo Sabrina, la sua assistente, aveva dato un contributo fondamentale. La fervida fantasia della giovane, che cercava di tenere a bada durante le indagini, aveva preso il volo e, idea dopo idea, era riuscita a creare un intreccio davvero particolare. Vista la sua grande esperienza nel mondo delle indagini, era stata in grado di costruire accanto agli indizi una storia poliziesca. I partecipanti per raggiungere il tesoro, ovvero un cesto colmo di primizie liguri, avrebbero dovuto districarsi in una storia complessa che partiva da un finto omicidio e che li avrebbe condotti, bigliettino dopo bigliettino, oltre al premio finale anche a svelare il nome del finto assassino.

L'investigatore, con espressione soddisfatta, era appena salito su un piccolo palco posto in una piazzuola al centro del bosco e aveva iniziato a rivolgersi ai numerosi partecipanti della caccia al tesoro. Era luglio inoltrato, ma all'ombra di quegli alberi secolari e accarezzati dal venticello, si stava bene.

«Il consiglio più prezioso che posso darvi è quello di concentrarvi sugli indizi!» precisò Ruggieri e, voltandosi verso Sabrina, aggiunse «Potrebbe sembrare banale, ma vi assicuro che la mia giovane assistente ha scelto con cura ogni singola parola proprio perché il loro significato sarà la chiave per trovare gli indizi successivi fino a giungere al bottino finale.»

Sabrina gli rivolse un sorriso fiero e grato, poi si voltò verso i numerosi partecipanti che, a loro volta, la stavano guardando.

Il sibilo di un fischietto diede il via al gioco. I partecipanti aprirono subito le buste bianche per leggere il primo indizio e, infine, si dispersero nel bosco alla ricerca di quello successivo. La maratona era già iniziata da un paio d'ore e in diversi punti si intravvedevano i corridori sfrecciare sul sentiero riservato. I bambini correvano e si nascondevano dietro i grossi tronchi del bosco per poi sbucare all'improvviso e ridere di gusto. Gruppi di giovani stavano seduti sull'erba fresca, alcuni prendevano il sole, altri chiacchieravano allegramente e uno tra loro stava suonando la chitarra. Numerose bancarelle, distribuite lungo i sentieri, mostravano prodotti dell'artigianato locale come felpe ricamate o borse intrecciate a mano, mentre altri offrivano prelibatezze di ogni tipo: baci, amaretti, torte salate, focacce e pizze.

L'investigatore, ghiotto come pochi, pregustò tutto quel ben di Dio ammirandolo da lontano. Una grossa torta arancione probabilmente a base di carote e ricoperta da una glassa bianca lucida aveva attirato la sua attenzione. Inspirò l'aria con bramosia per catturare ogni singola particella di quei profumi, si avvicinò a Sabrina e le disse:
«Andiamo ad assaggiare qualcosa. Abbiamo tempo, i partecipanti ci impiegheranno qualche ora a trovare tutti gli indizi.»
Carlos mosse il primo passo, quando un giovane esultò:
«Ecco il morto! Ho già trovato il secondo indizio!» la voce proveniva dall'interno del bosco.
Sabrina, che conosceva a memoria la storia da lei stessa ideata, sbiancò in volto. Nel racconto da lei inventato c'era sì un morto ed era proprio da quel tragico evento che iniziava la caccia, ma era solo fittizio. Ruggieri le rivolse uno sguardo preoccupato ed entrambi restarono paralizzati nel punto in cui si trovavano in attesa di qualsiasi cosa.
Il ragazzo riprese a urlare, ma questa volta la voce era mutata e se ne percepiva tutto il terrore.
«È morto! È morto davvero!» gridava, mentre si precipitava alla piazzola di partenza in cerca di aiuto.
Carlos e Sabrina gli corsero incontro per capire cosa fosse accaduto. Lui, pallido e senza fiato, riuscì appena a indicare con l'indice destro tremolante una zona del bosco.
Il corpo esanime di un giovane giaceva poco distante dal sentiero recintato per la maratona, accanto a una grossa quercia ed era seminascosto da cespugli e da erbacce come ortiche, piante di sambuco e felci. Indossava una maglietta giallo fluorescente e sulla schiena aveva appeso un cartellino bianco con il nu-

mero tre. Il volto era coperto di sangue che, ancora fresco, gocciolava sulle piante. Gli occhi castani sbarrati erano ormai vitrei.

Un energico 'lo sapevo che sarebbe successo!' aspettava di essere pronunciato dall'anziana Maria e, per una volta, Lorena non avrebbe potuto ribattere proprio nulla.

CAPITOLO II

La voce si diffuse in fretta, come se certe notizie potessero essere trasportate dal vento. Con una disinvoltura disarmante, quella parte di paese, piuttosto esigua, che aveva deciso di non partecipare alla fiera si stava riversando nel bosco per capire cosa fosse realmente successo.

«Certe cose accadono solo in città.» osservò Maria, mentre il suo lungo e grosso naso si infilava ovunque per spiare il più possibile, «Non ti avevo detto che ci avrebbero portato solo guai?» chiese infine all'amica.

Lorena la scrutò di traverso e, leggendo sul suo volto la fastidiosa espressione di chi è soddisfatto per aver avuto ragione fin dal principio, si domandò, con maligno divertimento, se non fosse stata proprio lei l'artefice di quel delitto, magari solo per avere fra le mani la conferma dei suoi sospetti e per poterlo rinfacciare a tutti.

Il brusio del chiacchiericcio venne coperto dal suono delle sirene delle Gazzelle e dell'ambulanza. Da una di queste auto scese il giovane Maresciallo dei Carabinieri, Filippo Vanni, accompagnato da due colleghi. Era la sua primissima indagine da Maresciallo e, anche se non lo dava a vedere, era molto teso. Aveva sperato di poter iniziare con qualcosa di più semplice, come un furtarello commesso da un uomo disperato e non avvezzo al crimine o ancora qualche atto vandalico messo a punto da un gruppetto di giovani scapestrati. Insomma, quel genere di vicende che si risolvono con facilità ma che, al tempo stesso, portano una certa gratificazione una volta risolte.

Carlos Ruggieri aveva ordinato agli organizzatori della fiera di controllare che tutti restassero sul posto e, fino all'arrivo delle Forze dell'Ordine, era rimasto accanto al cadavere per accertarsi che nessuno si avvicinasse e inquinasse le prove. Quindi si accostò al Maresciallo, e prima che potesse anche solo socchiudere le labbra, l'altro parlò:
«Lei è il famoso detective!» esclamò, riconoscendo quello che considerava un vero vip, dato che aveva letto di lui solo sui giornali.
Sabrina osservò la scena divertita: Carlos era estremamente vanitoso e la sua barba nera, come sempre, si gonfiò per la gioia di essere stato riconosciuto.
«Immagino sia qui per piacere?» chiese ancora il Maresciallo e, dopo che Ruggieri gli spiegò il suo ruolo all'interno della fiera, aggiunse: «Sarebbe troppo chiederle di collaborare?»
Avere al suo fianco un investigatore di fama internazionale gli avrebbe infuso una buona dose di fiducia, oltre a rendergli più semplice il lavoro.
Gli occhi azzurri dell'investigatore brillarono come due lapislazzuli: non aspettava altro e subito gli dichiarò la sua disponibilità!
I Carabinieri delimitarono la zona e pregarono tutti i presenti di non lasciare il posto: era fondamentale capire se tra loro c'era qualche testimone.
Poco dopo, Carlos, Sabrina e il Maresciallo vennero raggiunti da un brigadiere che aveva recuperato al banco delle iscrizioni per la maratona i documenti che la vittima aveva lasciato al momento dell'ammissione. Finalmente fu possibile assegnare un nome a quel corpo, si trattava di Michele Neri, vent'anni compiuti da poco e residente a Genova.
Il Maresciallo, accompagnato da Ruggieri e dalla sua assistente, andò a esaminare il cadavere. Nella zona,

già delimitata dagli appositi nastri, il medico legale e alcuni uomini della Scientifica stavano facendo i rilevamenti opportuni.

«La causa della morte è piuttosto evidente: questo povero ragazzo è stato colpito due volte alla testa, la prima sulla fronte e la seconda sulla nuca.» spiegò il medico legale, indicando con l'indice le zone appena citate, «Dev'essere stato proprio quest'ultimo a risultare fatale. A giudicare dai colpi inferti, ritengo che l'arma del delitto possa essere una pietra. Direi anche che non è morto da più di mezz'ora. Spero di potervi fornire maggiori informazioni dopo l'autopsia.» concluse, scuotendo il capo e allontanandosi. Il pensiero era andato al proprio figlio, della stessa età della vittima.

Il Maresciallo, Carlos e Sabrina si avvicinarono al cadavere che era appena stato tolto dalle erbacce e messo in posizione supina dalla Scientifica. Michele Neri aveva il fisico ben allenato di chi è abituato a praticare sport con regolarità. Le ginocchia erano entrambe ricoperte di graffi e pure i palmi delle mani presentavano le medesime ferite. Ruggieri si spostò di qualche metro ed entrò nel sentiero riservato alla maratona, anche lì vi erano delle tracce di sangue.

«La vittima dev'essere caduta dopo aver ricevuto il primo colpo.» commentò un Carabiniere «E poi il suo aguzzino deve aver tentato di occultare il cadavere in mezzo alla vegetazione.»

In effetti, se non fosse stato per la caccia al tesoro nessuno si sarebbe inoltrato in quel punto del bosco e Michele Neri sarebbe rimasto lì chissà per quanto tempo.

Intanto, alle loro spalle, era appena stata raccolta la presunta arma del delitto per riporla nell'apposito sacchetto destinato alle prove.

«Maresciallo, venga qui.» lo chiamò un Carabiniere.
Il collega gli passò la busta e Filippo Vanni esclamò:
«È piuttosto pesante.» quindi, vedendo Ruggieri avvicinarsi, gliela porse.
L'investigatore poté constatarne il peso e osservarla con attenzione. La pietra nella metà inferiore era sporca di terra e sulla sommità, dove spiccava una sporgenza appuntita, vi era una grande macchia di sangue.
«Per una donna, a meno che non sia ben allenata, non è semplice da sollevare e da usare come arma.» commentò Sabrina, non appena fu il suo turno.

CAPITOLO III

«Nulla può giustificare l'interruzione della gara!» urlò un ragazzo, strappandosi la pettorina con il numero assegnato, «Ero primo!» gridò, sbattendo le mani sul banco delle iscrizioni, «Il premio mi spetta di diritto!» esclamò, con il volto paonazzo fino alle radici dei capelli e un fiume di sudore che scendeva lungo il collo.
«La prego di calmarsi!» replicò la giovane addetta alle iscrizioni, indietreggiando di qualche passo.
Se quello doveva essere un ordine, come tale non risultò. Di fronte a quella voce tremolante e colma di esitazione, il ragazzo si sentì ancora più in diritto di continuare le sue proteste.
«Almeno ridatemi la quota di partecipazione! Non navighiamo tutti nell'oro come voi, eh!»
Più lei si faceva piccola dietro il banco, più lui alzava la voce e cercava il consenso negli altri partecipanti che, uno dopo l'altro, stavano tornando dal percorso.
«Mi dica se è normale che un uomo mi blocchi proprio nel momento in cui sono all'apice della mia impresa!»
«Vede, è accaduto...» tentò la ragazza con voce strozzata.
«Non mi interessa cos'è accaduto!» la interruppe lui, mentre un gruppo numeroso di giovani alle sue spalle, anche loro appena tornati dal sentiero, si era aggiunto per dargli manforte, «Pretendo quei soldi!»
«Cosa succede?» chiese il Maresciallo con voce autoritaria, ostentando molta più sicurezza di quella che in realtà sentiva.
Insieme a Carlos e a Sabrina era appena tornato nella

piazzola ed era stato attirato in quel punto da quelle urla.
«Questo ragazzo...» ebbe appena il tempo di iniziare la giovane.
«Non trovo giusto che la gara sia stata annullata. Ero in prima posizione e meritavo di vincere il premio!» completò lui, lanciando la pettorina contro la ragazza e voltandosi.
Il gruppetto degli altri partecipanti che, fino a quel momento aveva sentito come supporto dietro di sé, era svanito nel nulla e al suo posto vi era un uomo in divisa. Il volto del ragazzo divenne di pietra.
«È stato commesso un reato molto grave, un omicidio, le conviene tornare al suo posto.» riprese il Maresciallo con un tono che non ammetteva repliche.
«È morto qualcuno...» mormorò il giovane, indietreggiando e impallidendo.
Il desiderio di riscuotere ciò che secondo lui gli apparteneva di diritto si spense in un attimo e, dopo i primi passi incerti, si dileguò con rapidità.
La ragazza, sollevata per l'intervento del Maresciallo, tirò un profondo sospiro di sollievo.
«Purtroppo quel giovane non è il primo che viene da me a lamentarsi. Quando ci sono di mezzo i soldi... il guaio è che hanno annullato la corsa senza spiegare la gravità del motivo e tutti si sentono autorizzati a protestare!»
Il Maresciallo la tranquillizzò assicurandole che avrebbero fatto il possibile per evitare altri incidenti simili. Poi, le chiese:
«Un mio collega è venuto a prendere i dati della vittima.» la ragazza annuì in segno di conferma. «Lei si ricorda di questo corridore?»
Le guance della giovane si tinsero di un bel rosso.
«Sì...» mormorò senza precisare che era stata la sua

bellezza a farglielo restare impresso nella mente.
«Era da solo?»
«No, era in compagnia di una ragazza e di un ragazzo.» e, movendosi un po' a destra un po' a sinistra, indicò una coppia a qualche metro di distanza «Sono quei due laggiù.»
Il Maresciallo, Carlos e Sabrina si voltarono nel punto citato e videro due giovani che stavano evidentemente cercando qualcuno, forse il loro amico.
Gli eventi successivi furono rapidi e colmi di tristezza. La notizia generò in entrambi una reazione forte e plateale. Salvatore scoppiò a piangere sonoramente e Debora si accasciò a terra vittima di un mancamento.
Debora, ora, era seduta sul vano posteriore dell'ambulanza e stava bevendo dell'acqua. Accanto a lei Salvatore, un giovane moro e altissimo, la teneva stretta con un braccio per essere pronto a sostenerla nel caso in cui si fosse sentita di nuovo male.
Il Maresciallo, sempre accompagnato da Carlos e Sabrina, aveva atteso che i due giovani si riprendessero e poi aveva iniziato a rivolgere loro alcune domande.
«Vede...» le parole morirono nella gola di Debora.
Fu Salvatore a proseguire al suo posto:
«Veniamo da Genova. Abbiamo accompagnato Michele alla maratona. Ci teneva tanto a partecipare, anche perché il premio era in denaro e ne aveva un gran bisogno. Era un ottimo corridore e sono certo che avrebbe vinto se solo...» e anche lui non terminò la frase.
«Voi non avevate intenzione di partecipare alla competizione?» proseguì il Maresciallo, mentre Sabrina, com'era solita fare, anche se in questo caso le domande non erano formulate da Ruggieri, annotava le risposte su un libriccino.
I due giovani scossero la testa.

«Allora ho bisogno di sapere come si è svolta la vostra giornata e vi pregherei di partire dall'inizio.»
«Stamattina ci siamo dati appuntamento alla fermata del pullman per fare il viaggio insieme. Una volta arrivati, Michele si è iscritto alla maratona ed è partito poco dopo.» spiegò lui, mostrando un autocontrollo maggiore di quello della ragazza.
«Voi cosa avete fatto durante queste ore?»
Prima di rispondere, Salvatore cercò lo sguardo di Debora.
«Un giro tra le bancarelle della fiera.»
Filippo Vanni, proprio come aveva appena fatto il giovane, lanciò un'occhiata all'investigatore privato.
«In quali rapporti eravate con Michele Neri?»
Sul viso di Debora comparve un'espressione angosciata e, precedendo l'altro, rispose:
«Eravamo amici.»
Le sopracciglia di Salvatore si corrugarono appena. Guardò a terra e, quando alzò gli occhi, il volto pareva di nuovo disteso.
«Avete visto Michele parlare con qualcuno prima che iniziasse la competizione?»
«No...» esitò il ragazzo, mentre un velo di sospetto gli stava oscurando il viso.
«Voi due siete rimasti insieme per tutto il tempo?» continuò il Maresciallo.
«Certo!» fu la risposta secca di Salvatore, mentre Debora si aggrappava all'amico e fissava Vanni con aria offesa, «Non siamo implicati in alcun modo nella morte di Michele!» dichiarò con gli occhi iniettati di sangue.
«La pregherei di moderare i toni.» lo ammonì il Maresciallo «Queste sono domande di routine e non spetta a lei dirmi cosa devo chiedere o fare!»
Vanni avvertì un'ondata di soddisfazione diffondersi

per tutto il corpo: era riuscito a mostrarsi risoluto e ad adoperare un tono deciso. Se la stava cavando meglio delle aspettative.
«Per ora restate a disposizione, potrei avere ancora bisogno di voi.» concluse, senza lasciar trapelare la minima emozione e allontanandosi.
Carlos, nel seguirlo, rallentò, rimase qualche passo indietro e si voltò appena quel tanto che bastava per osservare la reazione dei due giovani senza essere notato. Debora e Salvatore avevano fissato con odio il Maresciallo. Poi, lei si era accasciata sulla spalla del giovane e aveva stretto con forza le palpebre per trattenere una crisi di pianto. Lui l'aveva abbracciata e le si era avvicinato all'orecchio per sussurrarle qualcosa. Ruggieri era riuscito a leggere il labiale di poche parole e il significato doveva essere pressappoco questo: 'Stai tranquilla, non sanno nulla! Ci sono io!'.

CAPITOLO IV

La piazzola era ancora piena di gente, una parte interrogata dai Carabinieri, un'altra intenta a osservare le dinamiche, ma lo spirito di festa si era volatilizzato ed era stato rimpiazzato da un'atmosfera pesante. I banchi, prima stracolmi di dolci e stuzzichini salati, ora erano vuoti. La grossa torta arancione, che aveva fatto venire l'acquolina all'investigatore, era stata riposta nella apposita confezione. Non era più possibile udire le risate dei bambini e la chitarra era stata messa nella custodia. Restava solo nell'aria un vago sentore dei profumi che fino a poco prima avevano deliziato i partecipanti.
«Direi che si tratta di un caso molto semplice.» commentò il Maresciallo «Gli unici ad avere un legame con la vittima sono quei due ragazzi. Manca solo il movente e, una volta scoperto, non sarà difficile farli crollare. Già adesso avevano i nervi a fior di pelle.»
Il volto di Carlos si era indurito e l'azzurro dei suoi occhi si era fatto più freddo.
«Non ne sarei così sicuro.»
«Perché, lei si è fatto un'idea diversa?» indagò Vanni, mostrando tutto il suo stupore.
«È presto per poter formulare un'ipotesi chiara e certa, ma in base ai fatti raccolti, non mi sembra una mossa molto intelligente assassinare un ragazzo in un posto dove nessun altro lo conosce.»
Il Maresciallo si fermò, rimase con le braccia incrociate dietro la schiena e si voltò per guardare l'investigatore.
«Capisco il suo ragionamento.» disse, dopo aver me-

ditato qualche secondo, «Potrebbe essere una scelta voluta per allontanare i sospetti da loro. Oppure potrebbe essere accaduto qualcosa di imprevisto che li ha spinti ad agire senza un vero piano.»
A Sabrina sfuggì un sorriso: vedeva nelle ipotesi del giovane Maresciallo i suoi stessi ragionamenti.
«Su questo punto sono d'accordo con lei: l'uomo sa essere imprevedibile soprattutto se spinto da forti sentimenti improvvisi.» ammise Ruggieri.
Alcuni Carabinieri si avvicinarono al Maresciallo per riferirgli le prime informazioni raccolte. Non c'erano testimoni. Il punto in cui era stato rinvenuto il cadavere restava ben nascosto rispetto alla piazzola e non vi erano motivi per cui qualcuno dovesse andarci. Era anche sufficientemente lontano perché si potesse udire qualcosa. Dalle deposizioni degli altri corridori era emerso che Michele Neri aveva distanziato fin dalla partenza tutti i partecipanti: era rimasto al primo posto per la maggior parte della competizione ed era risultato in seconda posizione nel momento in cui la gara era stata annullata.
«Ah, dimenticavo!» soggiunse un Carabiniere «Ci sarebbe una signora che desidera parlare con lei. Non so quanto potrà essere attendibile. Non era nemmeno qui al momento dell'omicidio.»
Filippo Vanni non era il tipo da tralasciare nulla, quindi sempre accompagnato da Sabrina e Carlos, raggiunse il possibile testimone.
Maria stava attendendo il Maresciallo con evidente premura. Fremeva e continuava a scuotere la borsetta.
«Sei sicura di non esagerare?» le domandò Lorena che, pur volendo restare accanto all'amica, si era leggermente nascosta dietro di lei, «Un conto è parlare tra noi, un altro è farlo con i Carabinieri.» aggiunse, temendo di fare di lì a poco una brutta figura.

«Assolutamente no!» ribatté l'altra, offesa.
Quando videro il Maresciallo avvicinarsi, entrambe tacquero e si misero composte.
«Signora, ho saputo che desiderava parlarmi.» esordì Filippo Vanni.
Prima di rispondere, Maria scrutò per bene tutti e tre. Soffermò più a lungo i suoi occhietti su Carlos e, forse a causa della sua altezza, imponenza e folta barba nera, provò un leggero imbarazzo.
«Dovete farmi vedere il ragazzo ucciso!» pretese, mentre le grandi narici erano tornate a vibrare, «Potrebbe essere quello che penso io.»
«Signora, deve spiegarsi meglio.» la esortò Filippo Vanni, riponendo in lei poca fiducia.
«Sapevo che sarebbe accaduto qualcosa... sapevo che dalla città ci avreste portato solo guai. Per questo motivo, li ho tenuti sotto controllo e ricordo le facce di tutti. Ho anche assistito a un litigio tra due ragazzi... e se uno dei due fosse quello morto?»
L'ultima frase cancellò le farneticazioni precedenti e attirò l'attenzione del Maresciallo che, in assenza di fotografie a disposizione, chiese a un suo collega di portargli la carta di identità della vittima. Maria rimase immobile per qualche secondo con il documento spalancato fra le mani. Infine, affermò:
«È lui! L'ho visto litigare con un ragazzo molto alto.»
«Per caso ha sentito qualcosa?»
Maria esibì un sorriso malizioso: "Per chi l'aveva presa?"
«Certo! Quei due non mi sono piaciuti fin dal principio. Litigavano per una ragazza. Uno dei due, non ho capito chi, aveva baciato la fidanzata dell'altro.»
"La fidanzata?" pensarono nello stesso momento Carlos, Sabrina e Vanni.

CAPITOLO V

Il Maresciallo chiese ad alcuni suoi sottoposti di allestire una zona per gli interrogatori. Non aveva intenzione di aspettare le convocazioni in Caserma e preferiva anche continuare ad avere al suo fianco la presenza dell'investigatore privato. Carlos era rimasto prevalentemente in silenzio, ma per Filippo Vanni erano stati sufficienti i loro pochi confronti per sentirsi affiancato e guidato in modo rassicurante.

Il Maresciallo desiderava sentire di nuovo Salvatore Parisi e Debora Rizzo, ma questa volta era necessario interrogarli separatamente. La prima a essere chiamata fu la ragazza.

Debora si avvicinò piuttosto timorosa al tavolino bianco in plastica, quello che poco prima era ricoperto di cibo, e si accomodò di fronte a loro come se la sedia fosse rovente.

«Signorina comprendo il suo turbamento e la sua reazione iniziale, ma adesso le consiglio di dire la verità.» affermò il Maresciallo senza indugi.

«Non capisco... le ho già detto tutto...» sussurrò lei, guardando la punta delle scarpe.

«Il consiglio che le ho appena dato è nel suo interesse.» ribadì Vanni.

Debora rimase in silenzio e iniziò a muovere con i piedi un sassolino.

«Abbiamo già alcune informazioni in nostro possesso che sono in netto contrasto con la sua deposizione. Ad esempio, mi ripeta in quali rapporti era con la vittima.»

La ragazza esitò un paio di volte.

«Ero la sua fidanzata.» ammise con un filo di voce e gli occhi perennemente abbassati, consapevole che prima o poi l'avrebbero scoperto.
«Perché ha mentito?»
«Non lo so, ho avuto paura.»
«L'ha fatto solo per questa ragione o ci nasconde dell'altro?»
Fu quella domanda a farle alzare di scatto la faccia e a farle indirizzare lo sguardo impaurito sul volto serio e rigido del Maresciallo.
«No...» mormorò poco convinta.
«Eppure sono venuto a conoscenza di una vostra discussione risalente a qualche ora fa, proprio prima della competizione. Ha intenzione di negare?» le chiese in tono risoluto.
«Non è successo nulla...» le parole le uscivano a fatica e, sebbene fosse immobile, pietrificata su quella sedia che pareva sempre più scomoda, avvertiva dentro di sé un tumulto di emozioni che desideravano uscire.
«È inutile che continui a negare.» la torchiò Vanni.
Debora si portò le mani sul volto e scoppiò a piangere.
«Durante il viaggio in pullman...» farfugliò tra i singhiozzi «Michele aveva letto un messaggio sul mio telefono... ha scoperto che Salvatore mi aveva baciata... per me non contava nulla...» alcune parole risultavano del tutto incomprensibili.
Il Maresciallo fece un cenno a un brigadiere e poco dopo quest'ultimo portò un bicchiere di acqua alla ragazza. Lei lo bevve tutto d'un fiato e la freschezza che avvertì dapprima nella gola e poi nello stomaco le diede un senso di tranquillità. Smise di piangere, tirò su con il naso e si asciugò con le mani le guance.
«Cerchi di essere più chiara.»

«Salvatore ha provato a baciarmi qualche giorno fa e Michele l'ha scoperto questa mattina leggendo un messaggio sul mio cellulare. Hanno avuto una discussione prima della gara, ma Michele e io avevamo chiarito tutto!» si affrettò a precisare.
Carlos, fino a quel momento rimasto in silenzio con le palpebre leggermente socchiuse per concentrarsi meglio, intervenne:
«Quest'ultimo punto mi interessa: lei è riuscita a riappacificarsi con il suo fidanzato va bene, ma anche Salvatore è riuscito a farlo?»
Debora tornò a fissare la punta delle scarpe da ginnastica.
«Più o meno.»
Il Maresciallo appoggiò i gomiti sul tavolino e intrecciò le mani.
«Signorina deve spiegarsi meglio.»
La ragazza trattenne il fiato per qualche secondo. Poi, con un lamento, disse:
«Non avrei mai baciato Salvatore, è stato lui a prendermi alla sprovvista. Avevo spiegato tutto a Michele.»
«A questo punto sono costretto a chiederle nuovamente: lei e Salvatore Parisi vi siete mai divisi?» domandò Vanni, ancora una volta soddisfatto per la sicurezza che continuava a mostrare.
«Ecco...» balbettò lei, tornando a tormentare con i piedi il sassolino, «ci siamo separati una volta. Sono andata in bagno e, quando sono uscita, non riuscivo a trovarlo.»
«Quanto tempo è trascorso prima che vi ricongiungeste?»
«Non ci ho fatto caso. Un quarto d'ora, forse anche di più.»
Debora, continuando a bloccarsi, balbettare e a evita-

re di incrociare i loro sguardi, raccontò di averlo cercato per tutto il tempo fra le bancarelle e di non essersi mai avvicinata alla pista riservata alla maratona. I due amici si erano poi incontrati per caso al chioschetto delle bevande e da quel momento non si erano più divisi.
«Ha notato qualcosa di particolare in Salvatore quando l'ha rivisto?» domandò il Maresciallo.
«No.» fu la laconica risposta di Debora.
A quel punto le chiesero di mostrare loro il messaggio che aveva letto Michele Neri quella mattina. Si trattava di una breve conversazione molto enigmatica che lei e Salvatore si erano scambiati il giorno precedente. 'Non dobbiamo dirgli nulla.' 'Domani ne parliamo meglio.' 'È stato solo un bacio.'.

CAPITOLO VI

Adesso sulla sedia bianca c'era Salvatore Parisi. Era leggermente incurvato per potersi appoggiare sui braccioli e li fissava senza timore, spostando gli occhi alternativamente su tutti e tre. Il Maresciallo lo stava informando di avere in possesso nuove prove che smentivano la sua testimonianza. Il ragazzo rimase fermo ad ascoltarlo senza battere ciglio.
«Ha ragione, Debora vi ha mentito, ma non me la sono sentita di fare la spia.»
«Anche lei, però, ha mentito nell'affermare che non vi siete mai separati.» puntualizzò Filippo Vanni.
Salvatore aveva le gambe incrociate e iniziò a far dondolare il piede sospeso.
«Debora è andata in bagno, saremo stati separati per pochi minuti. Non c'ho nemmeno pensato!» rispose in tono spazientito.
Il Maresciallo sottolineò che secondo la signorina Rizzo il tempo trascorso era maggiore, ma il giovane continuò a sostenere che si era trattato di pochi minuti.
«Siamo anche venuti a conoscenza della sua discussione con Michele Neri. Vuole spiegarci cos'è successo?» gli chiese con un tono di voce eccessivamente duro.
L'espressione furba e il comportamento arrogante del giovane stavano indisponendo il Maresciallo. Pareva quasi che stesse facendo a tutti loro un grande favore a rispondere a quegli interrogativi.
Salvatore scosse la testa e sospirò.
«Vedo che sapete già tutto, non credo di dovervi dire

proprio un bel nulla!»
«Invece le conviene collaborare!» esclamò il Maresciallo, spazientito da quell'atteggiamento presuntuoso e maleducato, «Le ricordo che stiamo indagando su un omicidio!»
«Come vuole...» borbottò il ragazzo «Durante il viaggio in pullman, Debora si è addormentata e Michele le ha controllato il cellulare. Ha letto alcuni miei messaggi e ha scoperto che tra noi c'era stato qualcosa. Tutto qui.»
«Vada avanti.»
«Michele mi ha aggredito, ma questo era il suo carattere. Sono certo che avesse solo bisogno di un po' di tempo per sbollire...» sdrammatizzò Salvatore «Quella sera sia io che Debora avevamo bevuto un po', lei si è lasciata andare e io non ero nelle condizioni di pensare al mio amico.»
«Quindi è stata Debora a fare il primo passo?»
Salvatore aggrottò la fronte e rispose come se fosse scontato: «Certo!»
«E Michele ha litigato anche con lei?»
«Sì, era furioso, ma gli sarebbe passata in fretta, era troppo innamorato.»
Mentre il Maresciallo aveva ripreso a parlare, gli occhi di Salvatore erano divenuti due piccole fessure. Aveva spostato la testa a destra e stava cercando di mettere a fuoco una figura in lontananza.
«Ma quella...» sussurrò.
Carlos, Sabrina e il Maresciallo si voltarono nella direzione in cui il giovane aveva indirizzato lo sguardo.
«Quella è Silvia!» esclamò, iniziando a ridacchiare, «Vi consiglio di andare a scambiare due parole con quella matta.»
«Di chi sta parlando?» domandò Vanni.
«Quella ragazza con la felpa rossa, quelle che vende-

vano qui durante la fiera,» rise ancora «è la ex di Michele ed è fuori di testa. Lo sta perseguitando da mesi per convincerlo a tornare insieme. A quanto pare l'ha seguito fin qui! Ma dovevo aspettarmelo: riesce sempre a sapere dove siamo e cosa facciamo!»
E fu così che, pochi minuti dopo, quella stessa sedia bianca venne occupata da Silvia Costa. Come Debora, aveva i capelli biondi e gli occhi azzurri, ma i suoi erano più limpidi e profondi. Le sopracciglia, accuratamente depilate in modo da formare una linea sottile, continuavano a muoversi su quel volto sofferente e inquieto. Aveva sentito che era morto un ragazzo e, non riuscendo a rintracciare Michele, aveva temuto potesse essere lui. Solo quando aveva visto la reazione di Debora e Salvatore, aveva compreso che quella era la triste realtà. Gli occhi gonfi e il naso gocciolante erano la conferma del suo dolore.
«Signorina mi dica in quali rapporti era con la vittima.»
Silvia deglutì rumorosamente e si asciugò il naso.
«Per un periodo siamo stati fidanzati.»
«E adesso eravate in buoni rapporti?» indagò il Maresciallo che non era disposto ad accontentarsi di quella risposta piuttosto evasiva che per di più riguardava il passato.
«Più o meno. Speravo cambiasse idea e volesse tornare con me.»
Il Maresciallo provò tenerezza per quell'ammissione, ma lo nascose con grande abilità.
«Quindi è vero che nell'ultimo periodo stava seguendo con una certa insistenza Michele Neri?»
La ragazza lo ammise con un lieve movimento della testa e lo sguardo basso per la vergogna.
«Come ha saputo che lui avrebbe partecipato a questa fiera?»

«Con i social non è difficile scoprire i progetti degli altri. Aveva dato la sua adesione a un post su Facebook qualche settimana fa.»
«Oggi è riuscita ad avere un confronto con lui?»
Silvia chiuse gli occhi e scoppiò a piangere.
«No, non sono riuscita a parlargli nemmeno un momento.» dichiarò, quasi rimproverandosi.
Poi, raccontò di essere partita da Genova con il primo pullman disponibile per non farsi vedere da nessuno. Debora e Salvatore l'avevano già minacciata in passato e lei voleva poter parlare con lui senza essere disturbata. Si era appostata alla fermata dei pullman fino all'arrivo di Michele e l'aveva seguito per tutto il tempo, ma gli altri due non l'avevano mai lasciato solo.
«Li ho visti anche discutere fra loro, ma non sono riuscita a capire il motivo.» riferì, con aria triste.
Infine, dichiarò di aver fatto un giro tra le bancarelle in attesa che Michele terminasse la gara e che lei potesse avere un'occasione per parlargli.

CAPITOLO VII

«Aveva ragione.» ammise il Maresciallo «Questo caso è più complicato di quello che sembra.»
Carlos, che era riuscito a farsi portare una tazza di tè bollente dal bar del paese, stava inspirando a pieni polmoni il vapore caldo e aromatico. Aprì appena gli occhi per annuire a Vanni.
«Abbiamo di fronte a noi molte possibilità.» dichiarò Sabrina «Un'ex fidanzata ossessionata, una fidanzata infedele e un amico con cui aveva appena discusso. E tutti e tre hanno avuto il tempo per agire!»
Il Maresciallo l'aveva ascoltata con attenzione.
«Dobbiamo anche capire per quale motivo Debora Rizzo e Salvatore Parisi hanno cercato di addossare la colpa l'uno sull'altra. Uno dei due potrebbe non aver agito solo per paura ma proprio per depistare le indagini.»
«Oppure vogliono confonderci le idee.» dichiarò Carlos.
Sabrina si trovò d'accordo con entrambi e rilesse ad alta voce lo scambio di messaggi tra i due ragazzi. Infatti, poco prima Vanni aveva voluto controllare anche il cellulare di Salvatore Parisi e i messaggi erano identici a quelli letti sul telefonino di Debora.
«Sono talmente vaghi che è impossibile capire se uno due prova davvero un sentimento, da chi è nata l'iniziativa e quali erano le loro intenzioni future.» commentò lei.
«Potrebbero anche essere stati entrambi.» ipotizzò il Maresciallo.
«Se permette, vorrei interrogare ancora una persona,

la cui reazione mi ha lasciato qualche dubbio.» disse Ruggieri, dopo aver terminato la tazza di tè.

Il Maresciallo, pur nutrendo una forte stima nei suoi confronti, rimase perplesso da quella richiesta e da quel cambio improvviso di argomento. E Sabrina si sentì meno sola a condividere con qualcun'altro quell'emozione.

Allora Carlos procedette e fece un paio di domande agli organizzatori della maratona. Dopo aver ottenuto le informazioni desiderate, si diresse verso Roberto Repetto. La sua assistente e il Maresciallo lo seguirono e si scambiarono uno sguardo dubbioso quando videro il ragazzo che si era lamentato per la sospensione della gara.

«Siete venuti per il mio rimborso?» chiese il giovane con sospetto.

«Hai proprio bisogno di soldi, eh?» replicò Ruggieri, usando un tono molto duro.

«A lei cosa interessa?» sbottò Roberto, con voce tremante.

«Risponda alla domanda.» lo esortò il Maresciallo.

La divisa indossata dall'uomo lo intimorì ancora di più.

«Sì e con questo?» il tono era divenuto isterico, quasi fuori controllo.

«So cos'hai fatto.» sentenziò Ruggieri, sovrastandolo in tutta la sua imponenza.

Roberto vacillò sul posto e provò un forte senso di vertigine e di nausea.

«Non ho fatto nulla!» tentò di protestare.

Carlos appoggiò la mano sulla spalla del ragazzo e disse:

«So tutto, proprio tutto.»

Il giovane prese un lungo respiro e rispose:

«D'accordo... ho spinto quel ragazzo per superarlo,

ma non l'ho ucciso! Dovete credermi!» li supplicò, mentre il volto era divenuto paonazzo.
«È importante che tu ci dica esattamente cos'è successo, senza tralasciare nulla.»
Roberto sentiva le gambe sempre più molli, incapaci di continuare a sorreggere il suo peso.
«Ho aspettato che gli altri corridori fossero molto distanti da noi e che raggiungessimo l'unica zona del percorso nascosta alla vista. Lì gli ho dato una piccola spinta per svantaggiarlo. Era davvero più bravo di me e non potevo permettere a nessuno di battermi, quei soldi mi servivano. Lui è inciampato ed è caduto di faccia, ma con la coda dell'occhio l'ho visto rialzarsi e camminare. Se così non fosse stato, mi sarei fermato a soccorrerlo.» puntualizzò con l'evidente desiderio di essere creduto.
«Saremo noi ad accertare la verità.» dichiarò il Maresciallo, chiamando un suo collega perché si occupasse del giovane.

***

«Ora è tutto chiaro.» asserì Carlos, di nuovo con una tazza di tè caldo in mano.
«È stato quel ragazzo. Voleva imbrogliare ed è andata peggio di quello che aveva pensato.» disse il Maresciallo.
Ruggieri scosse la testa.
«Quello è solo il tassello mancante che spiega tutto il resto, come per esempio la presenza di due ferite alla testa.»
«Cosa intende?» si affrettò a chiedere Vanni.
«I fatti, come sempre, parlano per noi e le bugie, proprio come la verità, non fanno altro che mostrarci la realtà.» rispose l'investigatore, enigmatico come

sempre, «Ricostruiamo insieme questo delitto. Poco prima di iniziare la gara, Michele Neri ha litigato con la fidanzata e con l'amico perché aveva scoperto che tra i due c'era stato qualcosa. Non ha avuto il tempo necessario per chiarirsi con loro e ha promesso di farlo subito dopo la competizione.» bevve un lungo sorso di tè «Già in questo momento è possibile notare un'incongruenza.»
«Quale?» domandò di getto Sabrina, passandosi le mani nei corti capelli in disordine.
«Se davvero Debora Rizzo e Salvatore Parisi avessero voluto riconciliarsi con Michele, sarebbero stati separati tutto il tempo e non insieme, proprio per dimostrargli che nessuno dei due aveva un interesse per l'altro.»
«Sospetti che tra i due ci sia una relazione?» domandò Sabrina.
«Per il momento nulla di serio, ma è evidente che tra i due ci sia attrazione. Mi è bastato vedere come si sono abbracciati sull'ambulanza.»
«Allora hanno agito insieme?» lo incalzò l'assistente.
«Lasciami concludere il ragionamento.» protestò Carlos, allargando le braccia, «La solita fretta di arrivare subito alla conclusione.» la rimproverò. Poi, riprese da dove si era fermato: «Durante la competizione Michele Neri è stato spinto da un altro corridore, si è inciampato, è caduto e si è rialzato. Ricordate perché Roberto Repetto ha cercato di sabotarlo proprio in quel punto del sentiero?»
Sabrina rispose senza esitazione:
«Perché erano distanti dagli altri e la zona era l'unica ben nascosta anche a tutti i partecipanti della fiera. Lì sapeva che nessuno li avrebbe visti.»
«Esatto!» si congratulò Ruggieri «Questo è un dettaglio molto importante per la risoluzione del caso.

Cos'ha detto Silvia Costa?» chiese ancora.
Sabrina e il Maresciallo questa volta rimasero in silenzio. Gli occhi di Carlos si illuminarono di un lampo di intuizione che la giovane aveva imparato a conoscere molto bene.
«Si è lamentata perché Michele non era mai solo.» riprese l'investigatore «Lei voleva parlare con lui senza essere vista dagli altri due. Da questo ho dedotto la sua intenzione di braccarlo durante la gara. Era l'unico modo per essere sicura di trovarlo da solo. Infatti, al termine della competizione si sarebbe ricongiunto con la fidanzata e l'amico. Quindi si è posizionata in un punto isolato e lontano dal traguardo, nella stessa zona dell'incidente proprio perché risultava essere il luogo più appartato e sicuro. Sono certo che, appena ha saputo della presenza di Michele alla fiera, Silvia abbia studiato con attenzione il percorso riservato alla maratona per conoscere in anticipo il punto in cui poteva tendergli un'imboscata. Non dimentichiamoci che era davvero ossessionata da questo ragazzo!»
Il Maresciallo iniziò a vedere con chiarezza tutti gli avvenimenti.
«L'ha visto cadere e ha pensato che quello fosse il momento giusto per aiutarlo e avere una possibilità per riconciliarsi con lui.»
«Proprio così.» confermò Ruggieri, accarezzandosi la folta barba ricciuta, «Come lei stessa ha dichiarato, ha assistito alla discussione dei tre ragazzi e deve aver sperato che Michele fosse stufo di Debora. Ma il ragazzo, frastornato per la caduta e per il primo colpo alla testa, deciso a non aver più nulla a che fare con lei, deve averla respinta ancora. Silvia allora ha reagito malamente e suppongo lo abbia colpito con forza al petto per sfogare la sua ira. Il giovane, già debole per

la precedente botta alla testa, è caduto di nuovo e ha sbattuto la nuca contro la pietra che abbiamo esaminato. Se vi ricordate per metà era sporca di terra e per metà di sangue. E questo mi ha fatto pensare che nessuno l'avesse sollevata, altrimenti anche la parte sporca di terra sarebbe stata macchiata di sangue.» e mimò il gesto di afferrare una pietra per usarla come arma.
«Ed era anche troppo pesante per una ragazza.» rammentò Sabrina.
«Esatto.» convenne Carlos «Quando Silvia si è resa conto della gravità dell'incidente, presa dal panico, ha spostato il corpo dietro i cespugli sperando che gli altri corridoi non se ne accorgessero e di avere il tempo di andarsene con il primo pullman disponibile. Invece, uno dei partecipanti della caccia al tesoro ha trovato il cadavere, le autorità non hanno permesso a nessuno di allontanarsi e lei non ha avuto il tempo di aspettare la nuova partenza del pullman.»
«Ma come possiamo dimostrarlo?» domandò il Maresciallo che vedeva in quel racconto solo deduzioni e ipotesi prive di prove.
L'investigatore terminò con calma il tè, si alzò e fece loro cenno di seguirlo. Raggiunse Silvia Costa e le chiese gentilmente di togliersi la felpa. La ragazza si rifiutò, ma l'invito di Ruggieri divenne un ordine da parte del Maresciallo. Aveva le braccia cosparse di grosse bolle bianche e chiazze rosse.
«Il cadavere di Michele Neri era accanto a un grosso cespuglio di ortiche.» ricordò Carlos a tutti loro.
L'investigatore, come avrebbe spiegato in seguito, era rimasto colpito dal fatto che la ragazza indossasse una felpa in pieno luglio per di più acquistata alla fiera. La deduzione più logica era che Silvia avesse avuto bisogno di qualcosa per tenere le braccia coperte e

quindi aveva comperato l'articolo più utile al suo scopo.

***

Filippo Vanni fu grato a Carlos non solo per l'aiuto, ma anche per il grosso insegnamento che gli aveva dato.
«Stia pur certo che d'ora in poi non tralascerò mai più nulla, nemmeno un ciuffetto di erbacce!» gli aveva detto, prima che tutti e tre scoppiassero a ridere.
A quel punto l'investigatore, insieme alla sua assistente, era tornato a casa e aveva portato con sé una grandissima voglia di torta di carote, quella che per una manciata di secondi non era riuscito nemmeno ad assaggiare.

CHE FINE HA FATTO?

MOUSSE AL CIOCCOLATO

INGREDIENTI: 400 ml di panna vegetale già zuccherata, 150 g di cioccolato fondente e frutta a scelta.

PROCEDIMENTO: montare la panna e aggiungere il cioccolato precedentemente sciolto e fatto intiepidire. Mescolare bene, versare nelle coppette e lasciar riposare per qualche ora in frigorifero.
Prima di servire, aggiungere della frutta a scelta.

PROLOGO

Gregoria fu colta da un attacco di panico. Era notte fonda, era sola e quella teca era vuota. Le mancava l'aria: i polmoni si gonfiavano e sgonfiavano talmente in fretta da farla sentire in una lunga apnea.
"E ora?" si chiese, cercando di rallentare il respiro e riportarlo a un ritmo normale.
Appena era entrata in quella stanza, si era lanciata con la schiena contro il muro, come se lo spavento avesse avuto la forza di sbalzarla via. Lì era rimasta pietrificata, senza riuscire a controllare nemmeno un muscolo del suo corpo. La mandibola era serratissima, le mani chiuse a pugno e gli occhi sgranati.
"Pensa, ragiona con lucidità!" si impose "Cosa devo fare adesso?"
Sentì un dolore nello stomaco che in pochi secondi salì fino alla gola dove esplose in un pianto disperato. Si lasciò cadere a terra, nascose il viso fra le ginocchia e sfogò tutta la sua paura. Riuscì finalmente ad alzarsi e a contattare Luisa Ferrero, la sua manager.
«Non ti preoccupare. Ho sentito dire che qui, in questa città, vive un famoso investigatore. Lo cerco subito!» la rassicurò la donna.
Dopo qualche ora, mentre una piccola calotta gialla spuntava dal mare, Carlos Ruggieri, vagamente assonnato, si era seduto nella cucina di Gregoria. Aveva accettato con piacere la coppetta di mousse al cioccolato offertagli e aveva chiesto, generando un certo stupore, del tè bollente. Chi mai avrebbe associato a un dolce freddo una bevanda calda? Soprattutto in piena estate?

«Mi racconti tutti gli eventi.» la invitò l'investigatore, mentre con una mano affondava il cucchiaino nella crema sormontata da una generosa porzione di frutti di bosco e con l'altra teneva la tazza di tè.

CAPITOLO I

Venerdì, la sera prima

Romilda Parisi, in arte Gregoria, era sulla terrazza dell'attico che aveva affittato per un mese. Mancavano meno di due giorni alla sua prossima mostra e, dopo un periodo di inattività dovuto a problemi di salute, non era più abituata a gestire quel tipo di emozione, un miscuglio tra euforia e paura in cui era difficile restare lucidi. Accanto a lei c'era la sua manager, Luisa Ferrero, ed entrambe erano appoggiate con i gomiti sulla balaustra. Un leggero venticello muoveva i loro lunghi abiti eleganti e di fronte a loro la luce argentata, tipica delle sere estive, illuminava la costa.

«Non so se è una buona idea...» le confidò l'artista, in tono preoccupato, mentre continuava a tormentarsi le mani.

«Certo! Non hai nulla da temere, sarà un'ottima pubblicità!» la rassicurò Luisa, mentre ammirava le spiagge che a poco a poco si stavano svuotando, a differenza dei ristoranti del lido che cominciavano ad affollarsi e a illuminarsi, «Abbiamo fatto bene a organizzare questa cena. Ammetto che non tutti gli ospiti sono molto simpatici, ma sono persone di spicco che potrebbero aiutarti, anche nel caso non apprezzassero le tue opere. Perché, come ti dico sempre, il saper fare pubblicità è quasi più importante dell'avere talento!»

Il campanello trillò e Gregoria avvertì un fremito in tutto il corpo: il primo ospite con cui avrebbe festeggiato l'imminente esposizione delle sue creazioni, prevista per domenica pomeriggio all'interno della

fortezza del Priamar, era arrivato e meritava di essere accolto nel migliore dei modi.
La donna nel suo eccentrico abito rosso, con balze che rimandavano alla moda spagnola, aprì la porta e si trovò di fronte Emanuele Villa, proprio colui che più temeva fra tutti gli invitati. Era uno dei critici d'arte più severi e, leggendo i suoi articoli, era possibile scorgere dietro la scelta attenta dei vocaboli il piacere perverso con cui si divertiva a stroncare le carriere altrui. Era un tipo minuto, vestito in maniera inappuntabile e dallo sguardo acuto e penetrante. Indossava un paio di occhiali la cui montatura, molto particolare, era per metà rotonda e per l'altra metà quadrata.
«Benvenuto, si accomodi.» disse Gregoria che, nonostante la sua altezza di gran lunga maggiore a quella del critico, si sentì piccola e indifesa.
L'ometto entrò e studiò l'ambiente come se anche quello potesse determinare la bravura dell'artista. Poi, ostentando un giudizio tutt'altro che positivo e aggiustandosi il bavero della giacca, si diresse verso la terrazza dove iniziò a chiacchierare con Luisa.
Gregoria restò nell'ingresso, con stampato in faccia un sorriso talmente rigido da farla sembrare una statua. Approfittò di quel momento di solitudine per darsi una sistemata davanti allo specchio. I capelli biondi, raccolti in una treccia, erano ancora in ordine, mentre il trucco le pareva già rovinato. Sicuramente, a causa dell'ansia, si era toccata troppe volte gli occhi senza rendersene conto.
Il campanello suonò di nuovo e, quando riaprì la porta, si trovò di fronte una donna imponente e con un sorriso fiero che evidenziava gli zigomi alti e sodi. Era Fiorella Greco, una famosa fotografa.
«Che splendida idea organizzare questa cena!»

esclamò, trasmettendo a Gregoria la solita sensazione di falsità.
Se la immaginava, con le amiche o con i colleghi, cambiare subito tono e riferire frasi del tipo: "Che idea banale organizzare una cena prima della mostra. Sarà perché teme che dopo la sua pausa nessuno si ricordi di lei? Provo una grande pena per la signorina Gregoria".
Ma la giovane artista non ebbe il tempo di sviluppare quel pensiero che un ragazzo impacciato sbucò dalle scale. Matteo Rossi, in pochi mesi, grazie all'uso dei social, era diventato famoso e si era guadagnato una posizione di tutto rispetto nel mondo dell'arte. Non vi erano mostre o eventi a cui lui non venisse invitato. I video che realizzava per le sue pagine e il suo blog erano brevi, moderni e catturavano finalmente l'attenzione dei più giovani avvicinandoli a un mondo che fino a quel momento li aveva esclusi.
«Permesso...» disse con aria insicura.
Gregoria gli sorrise con riconoscenza: forse lui avrebbe reso la serata più piacevole.
Infine fece il suo ingresso Amanda Bonifaci, anche lei una giovane artista che qualche mese prima aveva organizzato una mostra di cui si era discusso per moltissimo tempo. Era bella, la sua pelle già abbronzata metteva in risalto gli occhi color ambra e le labbra carnose.
«Cara,» le disse, squadrandola da testa a piedi, «lo sanno tutti che il rosso è il mio colore!» puntualizzò, dopo aver constatato che entrambe indossavano un abito di quella tinta.
Poi, le diede un bacio, come se fossero amiche di vecchia data.
Gregoria si portò istintivamente una mano sulla guancia per pulirsi da quel tocco pieno di veleno. Prima di

allontanarsi, Amanda le aveva lanciato uno sguardo di sfida: era lì per dimostrare di essere la migliore.
Dopo aver chiuso la porta alle sue spalle, la giovane con fatica raggiunse il gruppo sulla terrazza.
«Prendi, bevine un sorso!» la spronò subito Luisa, cingendola con un braccio e porgendole un bicchiere di vino bianco, «Sarà un successo! Non devi essere così preoccupata. Hai solo bisogno di qualcosa che ti rilassi! Negli ultimi anni non ho fatto altro che guardare le tue opere e, credimi, non mi sono ancora stancata!» concluse, bevendo a sua volta un sorso di vino.
Emanuele non si espresse, ma storse leggermente il naso, gesto che Gregoria non mancò di cogliere. Per cancellare subito quella brutta sensazione assaggiò il vino. E, quando tornò a guardare i suoi ospiti, le parve che nessuno, eccetto lei, avesse notato la scortesia del critico o per lo meno erano tutti molto abili nel far finta di niente.
"È stata una follia invitarlo a questa cena!" si rimproverò.
I suoi nervi non erano abbastanza forti per sostenere quelle reazioni, lei non era più abituata a quel mondo.
«Quale donna potrebbe resistere alle tue meraviglie?» domandò Fiorella, con il solito sorrisone.
«Ha proprio ragione e alcune di quelle meraviglie sono in vendita alla mostra e le consiglierei di dare un'occhiata!» le suggerì Luisa, abile come sempre a promuovere la sua artista.
La fotografa si portò una mano alla bocca e ridacchiò.
«Temo che il mio stile sia di gran lunga lontano da quelle meraviglie.»
Gregoria si irrigidì nella sua posizione. Quella donna era una vera manipolatrice: sapeva ferire senza in realtà dire nulla per cui la si potesse controbattere.
«Cara, non mi devi fraintendere io sono più... un tipo

minimalista, ecco! Le tue opere sono così ricche... tutto quell'oro, quelle pietre preziose... non fanno per me! Ma per molti altri sì.» aggiunse, guardandola negli occhi come se fosse una bambina e sottolineando con fierezza di non fare parte della massa.
«Certo...» mormorò l'artista, piuttosto demotivata.
«La mia ultima collezione prevede linee regolari e pulite. È questo il futuro: il minimalismo!» iniziò Amanda, catturando l'attenzione di Fiorella che la prese in disparte per continuare il discorso.
Gregoria, con la scusa di riempirsi il bicchiere, si allontanò.
«Non deve farsi intimorire da quei tre!» le suggerì il blogger, che l'aveva seguita, «So per certo che non se la passano così bene come vogliono far credere. Stanno solo cercando di impressionarla!»
«Davvero?» gli chiese stupita.
«Già.» confermò Matteo «Una delle ultime recensioni di Emanuele ha ferito un uomo un po' troppo potente e rischia di finire nel dimenticatoio. Fiorella ha sbagliato un servizio fotografico. E per concludere l'attraente e tanto sicura Amanda ha un calo di vendite e di interesse pauroso. Mi sa che è una bella meteora...»
Gregoria lo guardò con espressione di compiacimento. Dietro quell'aria impacciata si celava un bel giovane i cui capelli, artisticamente scompigliati, incorniciavano un viso delicato ma virile e due occhi buoni.
«Come fa a sapere tutto questo?»
«Mi piace tenermi informato e, essendo invitato a tutte le feste, non è difficile. Poi, in questo campo i pettegolezzi girano che è un piacere.»
«E su di me cos'ha sentito dire?» gli chiese mossa da un'istintiva curiosità di cui si pentì subito.

Non era pronta ad ascoltare quello che gli altri mormoravano alle sue spalle.
«So che le sue opere sono tra le più care in commercio, nonostante abbia dovuto fare una pausa. Non è facile mantenere l'interesse attivo in questo modo.»
«Tutto qui?»
Matteo arrossì ed esibì un sorriso rassicurante. Senza dire nulla le aveva fatto capire che poteva stare tranquilla. Quindi, con l'animo più leggero, si accomodò a tavola per cenare insieme ai suoi ospiti.
«Ho saputo da Luisa che il suo fiore all'occhiello è proprio qui!» disse Fiorella, assaporando il pesce che aveva nel piatto.
«Sì, Luisa mi ha fatto notare un difetto e ho deciso di prenderlo per sistemarlo subito, manca pochissimo all'inaugurazione e non posso permettermi errori. In realtà non è mia abitudine portare le creazioni a casa, ma in questo caso sono stata costretta dalle tempistiche.»
«Perché non ce lo fa vedere?» suggerì Amanda «Ci meritiamo un piccolo anticipo, no?»
La domanda generò un brusio di sottofondo fatto di tanti 'sì' insistenti. Gregoria provò a sottrarsi a quella richiesta, non le pareva una buona idea, ma alla fine non riuscì a opporsi.
Li condusse nella camera in cui aveva riposto l'opera. Protetto da una teca di vetro, un magnifico geco, intagliato nel legno e ricoperto da smeraldi, si stagliò di fronte a loro. La sua ultima collezione aveva come soggetto gli animali e ognuno di essi era associato a una pietra preziosa.
Gregoria fu la prima a entrare e, mettendosi accanto alla teca, iniziò a illustrare:
«Ho voluto giocare sul contrasto. Il legno, un materiale più grezzo, serve a rappresentare il nostro lato più

selvaggio, quello a contatto con la natura: l'istinto. Invece, gli smeraldi, pietre preziose, rimandano alla razionalità e ai desideri materiali.»
«Non vedo l'ora di poter ammirare il resto.» sussurrò Fiorella, ammaliata dalla luce verde che si diffondeva nella stanza, «Posso fare una fotografia? Potrebbe essere utile per un eventuale lavoro.»
Gregoria acconsentì e Fiorella tornò poco dopo con una piccola macchina fotografica.
«Ne approfitto anch'io per fare un video.» mormorò Matteo già all'opera con il suo cellulare.
Emanuele, senza proferire parola, aveva tirato fuori dalla tasca un piccolo quaderno su cui stava appuntando alcune note. Gregoria lo fissò cercando disperatamente di leggere qualcosa, ma purtroppo la grafia rendeva il compito impossibile.
«Direi che la tua bravura ha spaventato qualcuno...» le sussurrò all'orecchio Luisa, indicando con un gesto quasi impercettibile l'altra artista.
Amanda, nel lato opposto della stanza, scrutava il geco con ostilità e sul suo viso era calata un'ombra.
«Non ha paura che qualcuno possa rubarlo?» chiese la giovane, mutando di colpo aspetto, proprio come fa il geco per mimetizzarsi e restare invisibile di fronte al nemico.
«In effetti non vi nego che è un mio timore. Come vi ho già detto, non sono solita portare le mie opere a casa, ma la mostra è dopodomani e dev'essere tutto perfetto, soprattutto il pezzo forte. Poi, ho scelto, come faccio sempre, un appartamento dotato di allarme.»
Tornarono in sala e, dopo il dolce, una mousse al cioccolato fondente con frutti di bosco, nacquero accese discussioni sull'arte moderna, sull'artista migliore, su quale opera sarebbe stata la più acclamata e ri-

cordata durante l'anno in corso.
«Io punto a essere la prima, la migliore!» dichiarò Amanda, che aveva bevuto un po' troppo, «E non ho paura di lottare per questo!» esclamò rivolta all'altra artista.
Dopo qualche ora, quando l'attico rimase vuoto, Gregoria, colta da un presentimento improvviso, andò nella stanza dove c'era la sua creazione. Avrebbe voluto urlare, ma lo spavento la pietrificò: il geco era sparito!

CAPITOLO II

Carlos aveva ascoltato con attenzione il lungo resoconto di Gregoria.
«Come prima cosa le consiglio di allertare anche i Carabinieri.»
«Non vorrei che il caso diventasse di dominio pubblico, preferirei se ne occupasse lei in assoluta riservatezza.» rispose l'artista, corrucciando tutti i lineamenti del viso fino a formare un'espressione rammaricata e angosciata.
Luisa Ferrero, che era stata in silenzio fino a quel momento, intervenne:
«Cara, forse ti conviene ascoltare il consiglio dell'investigatore.»
La giovane scosse la testa con decisione.
«Vediamo prima come va, poi al massimo...» sospirò «Magari il colpevole parlerà e potrò evitare di diffondere la notizia. Non voglio nemmeno pensare di dover essere costretta ad annullare la mostra...» mentre spiegava, la voce le si spezzò.
«D'accordo. Allora convochi tutti qui, non dobbiamo perdere neanche un istante.» ordinò Ruggieri.
Dopo poco più di un'ora, il gruppetto della sera precedente era di nuovo nell'appartamento di Gregoria, ma questa volta il clima era ben diverso. Non c'erano bicchieri da riempire con vino pregiato, manicaretti da assaggiare o opere su cui discutere.
«Vorrei sapere il motivo di questa telefonata.» brontolò Amanda.
«Ve lo spiego subito.» dichiarò Carlos, al centro della sala, «Sono un investigatore privato e sono qui per

capire chi ieri sera ha rubato l'opera della mia cliente.»
Gli ospiti si lanciarono delle occhiate perplesse.
«Intende dire che sta accusando uno di noi?» chiese Emanuele, alzandosi.
«I *fatti* parlano chiaro, non ci sono altre possibilità. Per esempio, lei non mi sembra molto stupito dalla notizia. Anzi, nessuno di voi mi pare colpito da quest'informazione!»
Il critico alzò le braccia e le fece ricadere con forza sui fianchi.
«Che gran faccia tosta! Ma lo sa con chi sta parlando? Non credo!» esclamò con disprezzo «E se pensa che resterò qui, si sbaglia.» e mosse il primo passo verso l'uscita.
La voce calma e sicura di Ruggieri lo colse alla sprovvista.
«Nessuno vi obbliga a restare. Se avessi qualcosa da nascondere, anch'io me ne andrei.»
Il volto astioso di Emanuele avvampò. Controvoglia, tornò a sedersi ancora più stizzito di prima.
Dopo qualche minuto, arrivò anche Sabrina, l'assistente dell'investigatore il quale, nel frattempo, si era sistemato nella camera in cui era avvenuto il furto. Le riassunse la situazione e iniziarono con il primo interrogatorio.

Matteo Rossi, il blogger

Il giovane si sedette di fronte a loro e si asciugò le mani sudate sui pantaloni.
«Non sono abituato a questo genere di situazioni.» esordì, sperando di ricevere una qualsiasi forma di rassicurazione.
«Lo immagino, ma la circostanza lo impone.» dichia-

rò Ruggieri in tono severo, mentre Sabrina, intenerita da quegli occhi imbarazzati, gli rivolse un sorriso.
L'investigatore lo invitò a descrivergli la serata e il resoconto fu identico a quello di Gregoria. La giovane artista era stata per tutta la sera in ansia e gli altri ospiti se n'erano approfittati, facendo battute piuttosto sgradevoli.
«Si è allontanato o isolato durante la serata?»
«Certo! Come tutti sono andato in bagno.»
Ruggieri cercò di capire quante volte fosse accaduto, ma fu del tutto inutile. Non riusciva a fare un'affermazione senza poco dopo dichiarare l'esatto opposto. Aveva bevuto un po' e non aveva prestato attenzione agli spostamenti suoi o altrui. Una? Due? O tre volte? Chi poteva dirlo?
«Lei ha raccontato a Gregoria che gli altri ospiti non se la stanno passando bene. Vuole approfondire questo argomento con me?»
Come un allievo si sente sicuro di fronte a domande su argomenti da lui studiati, Matteo si tranquillizzò.
«Amanda Bonifaci ha avuto un successo iniziale improvviso e inaspettato, ma so che lo sta perdendo con altrettanta rapidità. Alle sue mostre partecipano sempre meno persone e i prezzi delle sue opere stanno crollando. Non è insolito in questo ambiente non riuscire a mantenere nel tempo il proprio successo. Bisogna sapersi reinventare, avere idee nuove e non si può proporre sempre la stessa minestra, anche se si tratta di ciò che in passato ci ha fatto emergere.»
Il tono era irriconoscibile: lineare, fluente e spigliato.
«E nutre qualche astio nei confronti di Gregoria?»
«Ma certo! In quest'ambiente gli artisti si odiano un po' tutti, ma Amanda mira a rubare...» si bloccò un istante rendendosi conto del verbo adoperato e riprese «voglio dire che desidera prendere il posto di Grego-

ria. Hanno la stessa età, opere simili, ma non lo stesso successo.»
«Quindi crede che sarebbe disposta a compiere un gesto tanto vile pur di sabotarla?»
«Ovvio!» rispose subito, senza nemmeno pensarci, «Ma non è abbastanza scaltra per farlo! Io mi concentrerei sugli altri, anche loro potrebbero guadagnarci. Emanuele Villa, con le sue recensioni denigranti ha fatto un torto a una persona molto nota nel nostro ambiente e so che per questa ragione ha perso tantissimi incarichi. E pure Fiorella Greco non è più brava come un tempo e gli artisti la stanno sostituendo con fotografi con una decina di anni in meno, che realizzano servizi più al passo con i tempi.»
«Ma non capisco il collegamento con Gregoria! In quale modo questo furto gioverebbe a entrambi?» chiese Sabrina che, come sempre, stava annotando tutto, senza lasciarsi sfuggire nulla.
Le labbra sottili di Matteo formarono un sorrisetto.
«Hanno bisogno di essere al centro di uno scoop, di una notizia bollente e quella è gente che le notizie se le crea, non è gente che sa aspettare! Vi immaginate se il geco non venisse trovato e loro fossero i pochi ad averlo visto? Parlerebbero della mostra annullata e poi si concentrerebbero su una lunga serie di dettagli relativi all'opera.»
«E anche lei avrebbe un motivo per farlo?» buttò lì Carlos, come se fosse una domanda qualunque.
Matteo tornò a sfregare le mani sui pantaloni.
«Non ho bisogno di questo!» e cercò subito conforto nello sguardo della giovane assistente.

Emanuele Villa, critico d'arte

Il critico, ancora profondamente indignato per essere

fra i sospettati, si pose fin da subito con alterigia. Affermò in modo sbrigativo di essersi allontanato dagli altri un paio di volte per rispondere a importanti telefonate di lavoro, tenendo molto a sottolineare il fatto che lui riceveva chiamate di un certo livello, o per andare in bagno.

«Senta mi sono costruito una carriera con sacrificio, con tanto studio e non la manderei mai all'aria per cosa? Per rubare un'opera d'arte che dovrei tenere nascosta? Che senso avrebbe?»

Carlos tossicchiò un paio di volte.

«Ho saputo che la carriera che ha appena decantato non è poi così solida come vuole farmi credere. Forse non sa più su cosa scrivere?»

L'espressione di Emanuele divenne di pietra e, alzando il tono, protestò:

«Chi gliel'ha detto? Quel ragazzetto che fa video sui social? Non si faccia ingannare da certi individui! Ha l'aria da innocentino, ma se proprio vuole un consiglio utile, chieda a Matteo se conosce qualcuno disposto a comprare pezzi d'arte rubati. So che un suo caro amico fa parte di quel giro lì…» insinuò con aria soddisfatta «Lei non ha idea di come sia fatto questo mondo. Un pezzo simile lo potrebbe rendere ricchissimo in pochi secondi! E questi giovani d'oggi puntano alla ricchezza facile, si montano la testa in pochi secondi!»

Carlos per nulla scosso da quell'affermazione, si versò del tè caldo e lo sorseggiò con calma.

«Oltre a questo ha notato qualcosa di strano durante la serata?»

«In effetti sì. A un certo punto mi è parso che Amanda Bonifaci avesse visto un fantasma. Era appena tornata dal bagno ed era cadaverica. Le ho chiesto se stesse bene e lei mi ha detto di avere problemi di sto-

maco. Ora, però, la situazione potrebbe portare a uno scenario diverso. D'altra parte nella sua posizione...»
«Cosa intende?»
«Non lo sa?» gli chiese con stupore «Pensavo che un investigatore dovesse informarsi su certi aspetti. Amanda sta avendo un declino e così ha perso l'opportunità di fare numerose mostre, tra cui quella che Gregoria farà al Priamar questa domenica.»
«E allora per quale ragione è stata invitata a questa cena?» chiese Carlos, perplesso.
«Perché i nemici vanno tenuti stretti, altrimenti potrebbero pugnalarti alle spalle. Ma a quanto pare non è bastato!»

***

«Bisogna stare molto attenti a chi, come questo critico, getta fango sugli altri!» commentò Carlos, non appena Emanuele ebbe lasciato la stanza, «Desidera distogliere l'attenzione da sé!»
«Sì, e poi cercare di accusare Matteo! Mi è parso un ragazzo per bene.» rispose Sabrina.
«Concentrati sui *fatti* e non farti ingannare da un paio di occhi imploranti!» la corresse subito.
La maniglia della porta di fronte a loro si abbassò.

Fiorella Greco, fotografa

La donna entrò e portò con sé una scia di profumo agli agrumi molto intenso.
«Eccomi! Vedo tutti molto preoccupati nel dover parlare con lei. Di là hanno certe facce!» ridacchiò «Io non ho nulla da nascondere, quindi nulla da temere. Sono pronta ad ascoltare le sue domande.» dichiarò, sistemandosi i capelli in realtà già perfettamente pet-

tinati.
Ancora una volta il resoconto della serata fu identico a quelli precedenti.
«Forse è meglio così!» disse a un certo punto Fiorella.
«Si spieghi meglio.» la esortò Ruggieri, vedendo che non proseguiva.
Lei, tra una smorfia e un'altra, soggiunse:
«Intendo dire che è meglio annullare o posticipare questa mostra. Gregoria è troppo ansiosa. Avreste dovuto vederla ieri, era insopportabile. Se si vuole essere un'artista bisogna farlo a tutto tondo. Insomma, si pretende anche un bel po' di carisma! A lei manca e questo intoppo le aprirà gli occhi.»
«Non pensa di essere troppa severa nel suo giudizio?»
Un'altra risata scrosciante riecheggiò nella stanza.
«Severa? Sono onesta! Qualcuno dovrà pur dire come stanno le cose!»
Ruggieri assaporò il suo tè e girò la conversazione a suo favore.
«Allora mi dica onestamente: chi ha rubato il geco?»
Fiorella sospirò a lungo.
«Mi faccia pensare...» aveva un'ottima memoria visiva, forse proprio grazie al suo lavoro, «Ho notato che a un certo punto della serata Amanda ha cambiato atteggiamento, mi è parsa turbata. Ecco partirei proprio da lei. Non mi convince nemmeno Matteo, ha passato l'intera serata nel tentativo di ingraziarsi Gregoria e lei ci è cascata come una sciocca.»
Sabrina tenne gli occhi bassi sul quadernetto e, anche se non lo vide, sentì su di sé lo sguardo severo di Carlos.
«Infatti,» aggiunse di colpo, desiderando sortire un bell'effetto sorpresa, «l'ho visto in bagno intrattenersi con Amanda in un modo particolare! Mentre prima quei due hanno finto di non conoscersi, perché?»

Amanda Bonifaci, artista

La giovane artista, per potersi sedere meglio, tirò leggermente all'altezza delle ginocchia i pantaloni Capri che indossava. Passò le mani sulla maglia per togliere le pieghe, del tutto inesistenti. Si aggiustò il ciuffo voluminoso con cui aveva acconciato i capelli. Sfoderò un bel sorriso e finalmente parlò.
«Ditemi tutto.»
Carlos, come aveva fatto con gli altri, le chiese di partire dal resoconto della serata che non rivelò nulla di particolare.
«Mi è stato riferito che non corre buon sangue tra lei e Gregoria.»
«Siamo in competizione, non possiamo permetterci di esserci simpatiche.» replicò Amanda, sempre con la stessa espressione sorridente.
«Allora dev'esserle sembrato strano essere invitata a questa cena.»
«Tutt'altro! Ne ero certa! Deve capire che nel nostro ambiente funziona così: più reputiamo qualcuno antipatico, più con questa persona c'è rivalità e più bisogna tenerselo vicino.»
Ruggieri si lisciò con la mano la folta barba ricciuta.
«Capisco.» mormorò senza in realtà comprendere fino in fondo la ragione di quelle strane dinamiche «Quindi non le ha dato fastidio essere invitata da colei che le ha sottratto la possibilità di fare questa mostra?»
Il volto di Amanda si indurì e le labbra si strinsero in una linea severa.
«No.» il monosillabo risultò più secco di quanto volesse.
«E conosceva gli altri ospiti?» continuò

l'investigatore.
Amanda rimase sbalordita da quella domanda.
«Per chi mi ha presa?» gli chiese, spalancando gli occhi, «Sono tutte persone importanti nel campo artistico, è naturale che io sappia chi siano!» e scrollò la testa, incredula di fronte a quella che lei considerava pura ignoranza.
«Ha ragione, non sono stato chiaro. Mi permetta di riformulare il quesito: ha o ha avuto dei rapporti stretti o intimi con uno degli ospiti?»
Sulla fronte liscia e abbronzata di Amanda comparvero due piccole rughe.
«No... no, con nessuno...» rispose, con un tono di voce più pacato.
«Nemmeno con il blogger, Matteo Rossi?» la incalzò Carlos.
L'artista, che aveva abbassato lo sguardo, lo alzò di colpo e domandò:
«È stato lui a dirvelo?»
«Questo non è rilevante. Io ho bisogno della sua versione.» si limitò a spiegare Ruggieri.
Intanto il sole si era alzato e la giornata si preannunciava molto calda. Dalla finestra entrava una grossa striscia di luce che cadeva su tutta la stanza, investendo Amanda.
«Fa un po' caldo.» si lamentò lei, iniziando ad agitare la mano per farsi aria.
Sabrina allora accostò le persiane, spalancò la finestra e, vedendo Carlos bere dalla tazza fumante, si domandò ancora una volta come potesse ingurgitare tutto quel tè bollente anche d'estate.
«Così va meglio?»
Amanda annuì, anche se in realtà nuove goccioline di sudore le imperlarono la fronte.
«Comunque non c'è nulla tra noi.» puntualizzò.

«Non le conviene mentire.» insistette l'investigatore.
Lei sospirò rumorosamente un paio di volte.
«Non è niente di serio... ogni tanto ci vediamo... per questo facciamo finta di nulla di fronte agli altri, non desideriamo pettegolezzi inutili sul nostro conto!» ammise a denti stretti.
Carlos la studiò con attenzione: non era stata per nulla sincera e questo l'avrebbe capito chiunque.
«Va bene.»
A quelle parole le spalle di Amanda si rilassarono di colpo e tornò un accenno di sorriso sulle sue labbra.
«Durante la serata c'è stato qualcosa che l'ha turbata?» continuò Ruggieri.
L'artista scosse la testa.
«Ne è sicura?»
«Sì...» esitò lei.
«Allora chi mi ha detto di averla vista angosciata ha mentito.» perseverò Carlos, notando con evidente dispiacere di aver consumato tutto il tè a sua disposizione.
«Ora ricordo! Ho avuto un problemino allo stomaco, forse intendeva questo?»
«Può essere.»
E rimasero a guardarsi negli occhi per qualche istante. Le pupille ambrate di Amanda tremavano e lei non poteva fare nulla per controllarle. Quando finalmente fu congedata, si sentì leggera come una farfalla.

CAPITOLO III

Sabrina posò vicino a Carlos una seconda teiera bollente e si allontanò cercando di non fare il minimo rumore. Chiuse delicatamente la porta e raggiunse gli altri in sala.
«Sta rileggendo gli appunti sugli interrogatori.» spiegò a Gregoria e a Luisa «Ne avrà per almeno un'oretta.»
«Quindi non fa nient'altro?» le chiese la manager, perplessa.
La giovane era abituata a quel tipo di reazione. La staticità di Ruggieri, da lei stessa poco apprezzata, era sempre fonte di dubbio negli altri e di conseguenza per lei motivo di disagio. Era ormai solita vedere nascere negli occhi dei loro clienti il seme del sospetto che, dopo tutto, lui non fosse così bravo come si raccontava.
«A questo punto possiamo dire a tutti di ritrovarci qui tra un'ora.» concluse rapidamente, per togliersi in fretta da quell'impiccio.
Il resto degli ospiti, invece, accettò la notizia con gioia e lo manifestò con sospiri di sollievo e sguardi più luminosi.
«Non ha nulla per cui trattenerci. Questo l'avevo anticipato subito!» puntualizzò Emanuele, alzandosi dal divano con uno scatto liberatorio.
Sabrina li accompagnò fino all'ingresso e fu proprio lì che notò uno sguardo d'intesa fra Amanda e Matteo, sguardo che non le piacque. Chiuse la porta, lasciò passare qualche secondo e si fiondò da Luisa per sussurrarle alcune parole.

«Vada, cara! Vedrà che andrà benissimo!» la incoraggiò la donna, mentre lo sguardo tornava fiducioso.
Sabrina, ormai già sulle scale del palazzo, non riusciva a smettere di sorridere per l'incoraggiamento ricevuto. Non tutti i casi potevano essere risolti restando in poltrona, lei lo sapeva e quindi era stata pazientemente in attesa per dimostrarlo anche a Carlos. Si arrestò di colpo e rimase nascosta nell'angolo prima del portoncino. Doveva stare attenta a non farsi vedere e soprattutto doveva controllare le gambe che, per l'eccitazione, avrebbero voluto correre a tutta velocità.
Vide Amanda svoltare a destra e Matteo girare a sinistra ma, se il suo intuito l'aveva guidata bene, seguire una o l'altro non avrebbe cambiato nulla. Scelse di pedinare Amanda che le era parsa quella più distratta. Si nascose prima dietro un'edicola, poi dietro un passante e ancora fece finta di guardare una vetrina per dare all'artista le spalle. Dopo qualche minuto e dopo aver percorso qualche viuzza li vide incontrarsi di nuovo ed entrare in un bar. Quando Matteo e Amanda scelsero un tavolo, il più appartato, anche Sabrina varcò la soglia cercando di non farsi vedere e sperando di avere pure un po' di fortuna.
Notò subito un tavolino situato in una posizione strategica: era poco prima della nicchia dove si erano seduti i due ragazzi e restava nascosto dal muro. Si accomodò avendo l'accortezza di dar loro le spalle, in questo modo se si fossero alzati all'improvviso, avrebbero avuto meno probabilità di vederla. Si sedette, si guardò attorno e si sentì improvvisamente a disagio. Quel locale rappresentava alla perfezione tutto ciò che lei non voleva essere. Sabrina non seguiva le mode, teneva i capelli corti per comodità, non si truccava per non perdere tempo e sceglieva i suoi indu-

menti, quasi sempre jeans e maglietta, per la loro praticità e non per il loro aspetto. Se non fosse stato per quel pedinamento non sarebbe mai entrata in un posto simile.
L'arrivo della cameriera la distolse da quel pensiero.
«Un caffè e il giornale del giorno.» le sussurrò con un filo di voce.
«Come?» chiese l'altra, piegandosi sul tavolino e scrutandola con diffidenza.
Sabrina ripeté la sua richiesta cercando di articolare lentamente i vocaboli in modo che la cameriera potesse leggere il labiale.
Così, dopo poco, aveva il volto nascosto tra le pagine del giornale e le orecchie ben tese ad ascoltare Amanda e Matteo.
I due bisbigliavano e ridacchiavano, rendendo il suo lavoro davvero difficile. Riuscì a captare poche parole di quel dialogo.
«Io non ho detto nulla.», «Credi che possano capirlo?», «Ci ha mandati via perché non ha nulla contro di noi.».
Un cellulare squillò e fece fare un balzo a Sabrina, era talmente concentrata ad ascoltare i loro sussurri che quel rumore improvviso e forte l'aveva spaventata. Il blogger rispose alla telefonata.
«Non mi dire! Grazie per avermi avvisato!» esclamò ad alta voce. Poi, chiudendo la conversazione, si girò verso Amanda e le disse: «Ora ti faccio vedere cos'ha fatto Emanuele. Quel vecchio furbacchione. Dobbiamo agire di conseguenza anche noi, non possiamo lasciarci sfuggire quest'occasione!»
La coppia volò via dal bar e Sabrina, dopo aver pagato un caffè come se fosse oro, cosa che si aspettava da un locale come quello, tornò a casa di Gregoria. Camminò lentamente per le vie del centro di Savona

per ripensare a ciò che aveva visto e ascoltato. Matteo e Amanda avevano un segreto ed Emanuele aveva appena combinato qualcosa, e doveva essere qualcosa di grosso perché i due erano corsi via ed erano talmente concentrati su quest'ultima notizia che non si sarebbero accorti di lei nemmeno se se la fossero trovata davanti. Cosa avevano in mente e cos'era successo da farli scappare in quel modo?

Rientrata nell'appartamento, Sabrina notò subito che Gregoria e la sua manager erano sconvolte.

«Non abbiamo voluto disturbare l'investigatore.» disse Luisa.

E fu allora che Sabrina capì di aver conquistato la loro fiducia. Le due donne non avevano paura di disturbarlo, ma preferivano parlarne con lei.

«Guardi!» continuò, porgendole lo smartphone che aveva tenuto stretto fra le mani fino a quel momento.

Sabrina lo prese e lesse il lungo articolo che trovò sul display. Si parlava del furto del geco. L'opera, il pezzo forte che nessuno aveva ancora potuto ammirare e che sarebbe stata esposta al pubblico per la prima volta domenica, veniva descritta come il tentativo fallimentare di tornare alla ribalta da parte di Gregoria dopo la pausa che si era presa. L'autore continuava affermando che forse l'artista avrebbe fatto meglio a prolungare il suo periodo di riposo e terminava insinuando che l'autrice del furto poteva essere la stessa Gregoria: "Probabilmente, resasi conto in un momento di lucidità dell'abominio che stava per presentare e mossa da un'istintiva e sana vergogna, ha pensato bene di sbarazzarsene."

Il tutto era firmato Emanuele Villa.

«Quanto astio...» commentò Sabrina, sconvolta dall'articolo.

«Quell'uomo è un mostro!» gridò Gregoria, con le

guance rigate dalle lacrime, «Quel maledetto articolo ha un numero spaventoso di visualizzazioni e continuerà a crescere... ho già ricevuto una marea di messaggi di conoscenti che, fingendosi rammaricati per l'accaduto, hanno colto l'occasione per chiedermi una foto del geco.» si coprì il viso paonazzo con le mani e continuò: «La mostra già rischiava di essere rimandata, ma ora temo di doverla annullare.»
Luisa l'abbracciò con forza e tentò di consolarla.
«La colpa è solo mia... non avrei dovuto invitarlo...» affermò, con gli occhi lucidi, «Quel disgraziato ha sfruttato l'occasione per farsi notare di nuovo...»
Sulla soglia comparve Carlos che venne subito aggiornato da Sabrina. Alla giovane parve di essere una dispensatrice di informazioni utilissime e, nonostante la criticità del momento, si sentiva piena di energie e di ottimismo. Ma fu proprio mentre mostravano l'articolo di Emanuele Villa a Ruggieri che Gregoria notò dell'altro. Diversi siti avevano appena pubblicato la fotografia del geco, quella scattata da Fiorella Greco.
«Deve averla venduta a un bel prezzo!» esclamò Luisa.
«Già...» mormorò Gregoria.
Infine, sui canali social di Matteo Rossi era appena stato postato un brevissimo video dedicato all'argomento del momento. Il giovane aveva pubblicato i filmati di quella sera e, per narrare i fatti, si era fatto aiutare da Amanda.
Emanuele Villa, Fiorella Greco, Matteo Rossi e Amanda Bonifaci in brevissimo tempo, grazie ai loro contenuti social, divennero virali su internet.
Gregoria posò sul tavolo il cellulare, ormai bollente per quanto era stato usato, con un gesto sconsolato.
«Prima che gli altri tornino vorrei riposare un po'...»

comunicò, con la testa china per lo sconforto.
Ad attenderla sul letto, però, non vi era il sollievo che tanto desiderava, bensì un bigliettino... si trattava di un ricatto.

CAPITOLO IV

"Se rivuoi il tuo geco, devi pagare" così iniziava il bigliettino che qualcuno, durante la mattina, aveva lasciato sul suo letto. E terminava con le istruzioni sullo scambio: il luogo dell'appuntamento, la cifra da sborsare e l'orario.

Ruggieri lo esaminò con cura. Sicuramente l'autore di quel messaggio era stato abbastanza furbo da non lasciare impronte digitali e, ormai, questo era pieno di quelle di Gregoria che, presa dalla disperazione, l'aveva accartocciato. La carta adoperata era un semplice foglio bianco e la scritta era stata realizzata con una vecchia macchina per scrivere.

«Avete visto qualcuno alzarsi durante gli interrogatori?» indagò Carlos.

«A dire la verità un po' tutti. Il clima era teso e per il nervosismo nessuno è mai stato fermo. Chi è andato in terrazza, chi in bagno e chi semplicemente camminava per la stanza.» raccontò Luisa, sforzandosi di ricordare qualcosa di più utile.

Gregoria, il cui viso era sempre più segnato dalla stanchezza, era stata colta da un pensiero improvviso e martellante. Non le interessava più venire a conoscenza dell'autore del furto, desiderava solo che la vicenda si concludesse il prima possibile.

«Secondo voi, se pago, lo riavrò davvero?» la voce era carica di speranza, forse quell'incubo sarebbe potuto terminare, «Sono tanti soldi, ma posso recuperarli.»

«Non è detto.» rispose Ruggieri «Chiunque sia stato potrebbe pretendere sempre di più.»

«Devo provare lo stesso!» si intestardì l'artista «L'appuntamento è per questa sera e, se dovesse andare bene, potrei fare la mostra domani.» si portò una mano sul mento, corrugò la fronte e concluse: «Ma lei mi accompagnerà, non mi lascerà sola?»
«Potrebbe non essere necessario.»
«Ha scoperto chi è stato?» domandò allora Gregoria con incredulità.
«Penso proprio di sì.»
Le tre donne restarono senza parole: come aveva fatto a capire chi era stato se non si era mosso da quella stanza?
Carlos si avvicinò al tavolo della cucina e prese l'ennesima tazza da tè. Si piazzò poi dalla finestra e osservò le spiagge brulicanti di persone. La prima striscia di mare era un susseguirsi di testoline che si muovevano in tutte le direzioni. In aria volavano diversi palloni e un po' più in su altrettanti aquiloni. Savona era una città sempre viva e attiva, ma d'estate offriva il meglio di sé. Venne raggiunto da Sabrina che si posizionò al suo fianco e, invece di osservare il panorama, si mise a studiare il volto di Carlos. Era sua abitudine cercare di intrufolarsi nei suoi pensieri e capire su cosa si stesse concentrando.
«Su quel bigliettino manca qualcosa, qualcosa di molto importante!» le disse, mentre i suoi occhi brillarono come due lapislazzuli.
«Cosa?» chiese subito Sabrina, che non riusciva mai a trattenersi.
«Lo capirai, lo capirai tra non molto, non temere. Tra poco saranno tutti qui.» le sussurrò.
L'assistente allora riprese il biglietto per rileggerlo. Lo fece numerose volte senza riuscire a capire cosa mancasse. Era stato specificato tutto, proprio tutto!

***

Emanuele Villa era entrato nell'appartamento come se non fosse accaduto nulla.
«Non guardatemi così!» affermò con aria di rimprovero «Chiunque al mio posto, si sarebbe comportato come me! Non fate gli ipocriti!»
«Non credo proprio!» esclamò Gregoria «Lei ha descritto la mia opera con aggettivi dispregiativi e inappropriati.»
«Cara mia,» replicò lui con fare canzonatorio «se la tua carriera procederà, cosa che dubito, capirai a tue spese che l'arte è soggettiva. Non può piacere a tutti!»
Luisa mise la sua mano sulla spalla dell'artista per fermarla: era inutile continuare quella discussione.
Arrivarono anche Fiorella, Amanda e Matteo. A differenza del critico, i tre si accomodarono senza proferire parola, ma pure essi avevano un'espressione di pura indifferenza.
Carlos si unì a loro, abbassò leggermente le tapparelle e si posizionò, nella penombra appena creata, al centro della sala. Gli occhi erano puntati tutti su di lui.
«Qualcuno riconosce questo biglietto?» chiese, mostrando il messaggio del ricatto.
Si sporsero in avanti per poterlo guardare meglio, ma alla fine negarono.
«Posso dirle che l'opera è stata valutata oltre misura, non merita tutto quel denaro. Chi l'ha presa non è del campo!» lo informò Emanuele con la solita alterigia.
«È proprio un uomo di bassa lega!» rispose Luisa, fulminandolo con lo sguardo.
Ruggieri li placò con un gesto della mano.
«Non avevo dubbi che questa sarebbe stata la vostra risposta. Allora procediamo con ordine. Chi fra voi aveva da guadagnare da questo furto?»

Li squadrò a uno a uno. Tutti avevano trovato un pretesto per distogliere lo sguardo. Amanda si stava studiando le unghie, Emanuele era intento a pulire gli occhiali, Matteo stava controllando l'ora sul telefono e Fiorella semplicemente si era concentrata sulla scarpa, leggermente rovinata sulla punta.
«Ve lo dico io: tutti! E i fatti lo dimostrano. Lei, signor Villa, non ha perso nemmeno un secondo e dietro la sua scia si sono aggiunti gli altri, approfittando senza vergogna di questa disgrazia.»
Le teste degli indiziati restarono chine e nessuno fiatò.
«Adesso vorrei concentrarmi su due di voi in modo particolare: Amanda Bonifaci e Matteo Rossi.»
I giovani interpellati alzarono lo sguardo come potrebbero fare due allievi impreparati chiamati alla lavagna.
«Come scusi? Noi non abbiamo fatto nulla.» protestò la ragazza.
«Non siete una coppia?»
I due si scambiarono un'occhiata e iniziarono a ridere.
«Lei ha preso un abbaglio!» dichiarò Matteo, continuando a sogghignare.
«Eppure la mia assistente oggi vi ha seguiti, vi ha visti e ha sentito quello che vi siete detti. Sabrina vuoi...»
E mentre stava invitando la sua assistente a riferire ciò che era accaduto, Matteo si alzò in piedi e la fermò.
«No, no è il caso. Ammetto che siamo in sintonia, ma non abbiamo fatto nulla.»
«Qual era il vostro piano?» chiese Carlos e, non ricevendo risposta, continuò: «Perché avete finto di non conoscervi? Perché lei, Matteo, stava cercando di in-

graziarsi Gregoria?»
Amanda, stufa di quelle domande, con un sospiro esasperato, rispose:
«Va bene, ma adesso basta! Volevamo farle uno scherzetto innocente. Scoprire qualcosa sul suo conto da diffondere sui social, ma così... tanto per ridere. Nulla di più!»
«Raggirare una persona per deriderla pubblicamente vi sembra uno scherzetto?» intervenne Gregoria, guardandoli con orrore e concentrandosi soprattutto sul giovane.
«Come sei esagerata!» il tono di Amanda era superficiale e indifferente.
«Ma quando avete scoperto che l'opera di Gregoria era in casa, avete pensato di potervi spingere oltre, vero?» continuò Carlos.
«No!» gridò Matteo, mentre Amanda rimase in silenzio.
«Signorina?» la incalzò l'investigatore.
«Mi sono sudata tutto fin dall'inizio e non ho mai avuto paura di dovermi sporcare le mani per raggiungere i traguardi più alti.» spiegò, con aria soddisfatta, «Non voglio certo essere un'artista mediocre e questo comporta determinate scelte. Ammetto di essermi recata in quella stanza per capire perché la possibilità di fare questa mostra fosse stata data a lei e non a me. E certo, se avessi potuto sabotarla in qualche modo, l'avrei fatto! Ma quando sono entrata in quella camera, il geco era già scomparso.»
«Bugiarda! Chi vuoi che ti creda?» l'aggredì Gregoria «Non ti darò i miei soldi, hai capito?»
«Calmatevi, io so che è la verità!» intervenne Ruggieri.
Le due artiste lo guardarono con stupore.
«Lei mi crede?» chiese sorpresa Amanda.

L'investigatore annuì con il capo.
«Chiarito questo punto, vi posso congedare tutti. Siete liberi di tornare nelle vostre case.»
«Cosa fa? E il mio geco?» protestò Gregoria.
«Stia tranquilla, si fidi di me.»
Emanuele, Matteo, Amanda e Fiorella si allontanarono lentamente, continuando a guardarsi le spalle.
«Per me quello ha in mente qualcosa, ci vuole tendere una trappola.» commentò Matteo «È un uomo astuto!»
In effetti anche gli altri provavano quella sensazione: era come se fuori ci fosse un tranello ad attenderli. Per questo si muovevano con cautela, stando ben attenti a non fare passi falsi.

***

«Se li ho allontanati è nel vostro interesse.» esordì l'investigatore, lisciandosi la folta barba nera, «Il geco è sempre rimasto in questa casa.»
«Il colpevole l'ha nascosto qui?» domandò Sabrina «In effetti è una mossa alquanto furba!» considerò ancora prima di ricevere una risposta.
Ruggieri, in tutta la sua imponenza, cominciò a camminare per la stanza.
«Non hanno fatto altro che ripetermi che io non faccio parte di questo ambiente e che quindi non so come funzionino le cose. Ed è vero, ma non ho avuto bisogno di molto tempo per comprendere qual era l'obiettivo di tutti: essere l'argomento del momento.»
Si avvicinò alla tapparella e l'alzò. Il sole tornò a battere con prepotenza sulle pareti e sul pavimento e le tre donne dovettero strizzare le palpebre per abituarsi a tutta quella luce.
«Non si tratta di un vero furto: il colpevole aveva in-

tenzione di restituire l'opera. Purtroppo, ho scoperto il suo piano con troppo anticipo.» proseguì «Il ladro, se così lo possiamo definire, ha pianificato tutto con cura ed è stato il suo progetto a ritorcersi contro di lui e a tradirlo. Pensateci un attimo: un'opera di quel valore in una casa non progettata come laboratorio e quindi sprovvista di una sicurezza adeguata, un gruppo di ospiti ostili e in cerca di notizie per ritornare sulla cresta dell'onda, addirittura un ricatto scritto con una vecchia macchina per scrivere, come se fossimo attori di un film poliziesco. Non vi sembra un po' troppo calcolato?»

«Non capisco dove vuole andare a parare.» osservò Gregoria.

«Lei, anzi voi, lo sapete bene! Ci avete mostrato l'articolo di Emanuele, il video di Matteo e Amanda e anche la fotografia di Fiorella, ma non ci avete mai mostrato gli articoli in cui si parlava dell'aumento di vendita dei biglietti della mostra.» fece una pausa «Per fortuna, ho controllato io.»

Sabrina si ritrasse e le scrutò con diffidenza.

«Avete organizzato tutto nei minimi dettagli per pubblicizzare questa mostra. Per far sì che lei, Gregoria, tornasse dalla sua pausa con il botto. E avete pensato di servirvi anche di me, della pubblicità che vi avrebbe fatto il mio nome.»

«È oltraggioso! Non abbiamo bisogno di questi mezzucci!» protestò Luisa, cercando appoggio nell'artista.

«Potete negare quanto volete, ma il mio lavoro termina qui.» concluse Ruggieri, inclinando la testa per salutarle.

«Lo riferirà agli altri?» domandò Gregoria con un filo di voce.

«No, come le ho già detto, li ho allontanati nel vostro

interesse.»
«Forse abbiamo esagerato, ma alla fine ci hanno guadagnato tutti, non crede?»
«Non approvo questi metodi e penso che con il suo talento avrebbe potuto farsi pubblicità senza imbrogliare.»
E insieme a Sabrina se ne andò.

***

Carlos e Sabrina erano rientrati in ufficio e, dopo che l'investigatore si era preparato altro tè, si erano posizionati di fronte alla finestra per osservare il porto.
«Guarda cos'ha appena pubblicato Gregoria?» disse l'assistente rivolta a Ruggieri.
Carlos lesse con calma il post in cui l'artista intesseva le lodi dell'investigatore e spiegava come lui fosse riuscito a ritrovare la sua opera scomparsa e a salvare la sua mostra. Non era scesa nei particolari, visto che non esistevano, ma aveva condito il testo di allusioni alquanto teatrali che lasciavano spazio alla fantasia dei lettori.
«Almeno su un punto è stata onesta: la mia bravura!» commentò Carlos, scatenando in Sabrina una risata incontenibile.
«Ora mi vuoi dire cosa ti ha insospettito di quel biglietto?» gli chiese, dopo aver ripreso fiato e con le guance ancora arrossate.
«È stato quello a dare la conferma ai miei sospetti. L'autore non ha intimato loro di non rivolgersi alle Forze dell'Ordine. Infatti, il loro obiettivo era arrivare fino ai giornali. Ingigantire la notizia il più possibile.»
«Allora perché non l'hanno fatto subito? Gregoria all'inizio ha rifiutato questa possibilità.»
«Certo, perché era tutta una recita. Voleva avere un

pretesto per coinvolgermi, quindi ha finto di desiderare il massimo della discrezione, invece al momento giusto avrebbe anche contattato i Carabinieri.» le spiegò, con il viso nascosto dalla tazza fumante, «È stata una commedia fin dal principio. L'unico aspetto veritiero è stata l'ansia dell'artista durante la serata: sapeva cosa sarebbe successo ed era la paura che qualcosa andasse storto a renderla così nervosa.»

CHI HA UCCISO BRUNO?

SFOGLIATINE AL MASCARPONE

INGREDIENTI: 1 rotolo di pasta sfoglia, 250 g di mascarpone, 125 ml di panna, 3 cucchiai colmi di zucchero, una manciata di more.

PROCEDIMENTO: ritagliare la pasta sfoglia in modo da ricreare dei quadrati e, prima di infornarli, cospargerli di zucchero. Per preparare la crema basterà montare la panna, aggiungere lo zucchero, il mascarpone e le more precedentemente schiacciate con una forchetta. Quando i quadratini di pasta sfoglia saranno freddi, potranno essere farciti con la crema.

CAPITOLO I

Bruno svoltò l'angolo ed estrasse dalla tasca dei pantaloni un fazzoletto di carta, ormai logoro per i continui utilizzi, e lo strofinò con energia sulla fronte madida di sudore. Era mattina presto, il sole era sorto da un paio d'ore e quei deboli raggi di settembre sulla sua pelle parevano roventi come fiamme. Ebbe appena il tempo di riporre il fazzoletto che nuove goccioline, ancora più copiose, stavano già ricomparendo su tutto il suo viso. Sospirò e tentò di trovare un briciolo di sollievo asciugandosi la faccia direttamente con la mano, ma anche questa volta il risultato durò un solo secondo. Oltre al fastidio di sentirsi appiccicoso, non sopportava l'idea di mostrarsi agli altri, anche agli sconosciuti che incrociava per strada, sudaticcio e trascurato, ma quella mattina doveva farsene una ragione.
Bruno aveva compiuto da poco cinquant'anni ma il suo aspetto curato in ogni più piccolo dettaglio gli permetteva di apparire agli occhi degli altri più giovane di almeno una decina di anni. In questo la genetica era stata dalla sua parte: la pelle liscia e soda come quella di sua madre e i capelli biondissimi del padre che nascondevano alla perfezione quelli bianchi. Il carattere invece era quello del nonno materno, un grande intrattenitore, sicuro di sé e sempre allegro. Poche cose erano in grado di turbare Bruno e una di questa l'aveva agitato talmente tanto quella mattina da renderlo irriconoscibile perfino a se stesso. Controllò l'ora e accelerò il passo. L'andatura più spedita fece allargare a vista d'occhio l'alone

sotto la manica del camiciotto in lino. Doveva parlare! Doveva denunciare! Dopo giorni in cui si era lasciato dilaniare dai dubbi, dai sensi di colpa e dalla paura, lui che non aveva mai temuto nulla, era finalmente uscito da quel torpore. Quella notte non era riuscito a chiudere occhio nell'attesa che le lancette della sveglia sul comodino si posizionassero nell'ora in cui era solito alzarsi, perché nulla dall'esterno doveva apparire diverso dalla sua routine abituale.
La Caserma dei Carabinieri si materializzò davanti a lui. Si arrestò e ripensò alle ultime parole che le aveva detto: «Basta! Ora ti denuncio!»
"E così farò!" pensò per darsi la carica.
Forse era stato un azzardo informarla delle sue mosse, ma desiderava porre il prima possibile la parola fine. Entrò alla velocità di fulmine in Caserma e parlò con il primo Carabiniere che vide.
«Devo fare una denuncia! È urgente!» ansimò, sfruttando di nuovo il fazzoletto consunto.
La ragazza in divisa lo squadrò dalla testa ai piedi. Il respiro affannato, il tono di voce preoccupato e le chiazze rosse sul volto la indussero a pensare che fosse una questione davvero grave. Quindi lo guidò fino all'ufficio di un suo collega che, oltre ad essere libero in quel momento, lei reputava uno dei più efficienti.
«Aspetti un momento.» gli disse per poi accostarsi all'altro Carabiniere.
Bruno rimase fermo, con gli occhi che guizzavano inquieti da un lato all'altro del corridoio. Iniziò anche a battere il piede con movimenti frenetici e a farsi fresco con la mano per riprendere fiato.
«Venga, si accomodi.» lo esortò il Carabiniere, mentre la sua collega si allontanava e li lasciava soli.

Bruno si precipitò sulla sedia e, ancora mosso da un'irrefrenabile urgenza di liberarsi, andò dritto al sodo.

«Devo denunciare un ricatto!»

Il brigadiere Valini, seduto di fronte a lui, prese un modulo dalla scrivania e lo invitò a spiegarsi meglio.

«Allora, come posso dire…» iniziò a farfugliare, mentre il suo viso diventava sempre più paonazzo, «diciamo che ho frequentato una donna, così senza impegno, e lei ora minaccia di rivelare tutta la verità a mia moglie…» e abbassò gli occhi fingendo di studiare le proprie scarpe.

La penna di Valini si bloccò.

«Le ha chiesto del denaro per non parlare?»

Bruno annuì con così tanta energia che la sua testa pareva sorretta da una molla.

«Molti. Dapprima ho pagato.» ammise con un certo imbarazzo «Ma le cifre continuano a crescere e temo che non sarà mai soddisfatta.»

L'uomo osservò il brigadiere scrivere qualcosa sul modulo e, iniziando a massaggiarsi il collo per respirare meglio, continuò:

«Voi potete proteggermi, non è vero?» chiese, con un tono di voce supplichevole, «Potete impedirle di andare a spifferare tutto a mia moglie? In fondo non è stato nulla di serio. Lei, che è un uomo, può capirmi, giusto?» e gli sfuggì una risatina strozzata.

Il volto del brigadiere non mutò e rimase serio.

«Questo va oltre le nostre competenze. Possiamo accogliere la denuncia per il ricatto, ma non possiamo controllare le azioni di questa donna.»

Bruno scattò in piedi. Fu invaso da un profondo senso di imbarazzo, non per la sua condotta fedifraga, ma per l'atteggiamento da pappamolle che aveva adottato fino a quel momento. Che fine aveva fatto il vero

Bruno?
«Come non potete?» replicò indignato, mentre il tono di voce ritornava sicuro come quello di un tempo, «Sono un cittadino onesto, pago le tasse e mi aspetto un minimo di tutela!»
«Questo lo comprendo, ma...»
Valini venne brutalmente interrotto da un accesso d'ira dell'uomo che, gonfio di collera, sembrava stesse per esplodere da un momento all'altro.
«Ma! Solo ma sapete dire!» fece un profondo sospiro, si appoggiò sulla scrivania e lo scrutò con aria torva «Lo sa quanto coraggio mi ci è voluto per venire fin qui?» alzò la mano destra e puntò l'indice sulla scrivania «No, lei non può capire, può concentrarsi solo su tutti i suoi ma, mentre un uomo, mentre io sarò rovinato.» scosse la testa e lo fissò con gli occhi colmi di disapprovazione «Faccia finta di non avermi mai visto, di non aver sentito nulla. Dovrò cavarmela da solo. Arrivederci!» e gli diede le spalle, iniziando a elencare una serie di imprecazioni contro tutti.

***

Margherita indossava un grosso paio di occhiali da sole e sulla sua fronte ampia spuntavano due ciuffi di capelli rossi da un foulard stile Capri annodato sotto il mento. Si era mossa con cautela per le strade di Savona fino a raggiungere una piccola bottega di fronte alla Fortezza. Lì, dopo essersi accertata di non riconoscere i volti dei passanti, era entrata. Il barbiere, un uomo alto dai tratti nordici, con un vaporoso paio di baffi, rimase immobile dietro al lavandino, con le mani piene di schiuma e iniziò a fissarla senza dire nulla.
«Sono qui per ritirare gli ordini.» dichiarò lei, ferma

sulla soglia.
«Oh, certo!» esclamò lui «Aspetti solo un secondo.»
Il barbiere continuò a insaponare la testa del cliente, risciacquò il prodotto con acqua tiepida e avvolse i capelli umidi in un asciugamano azzurro.
«Si accomodi su quella sedia e tra due minuti procediamo con il taglio.»
Quindi fece cenno alla donna di seguirlo nel retro del salone.
«Cosa ci fai qui? Rischiamo grosso e proprio adesso non ne vale la pena! Manca poco e potremo stare insieme per sempre!» le disse, subito dopo aver chiuso la porta.
«Hai ragione Sergio...» sussurrò Margherita, togliendosi gli occhiali, «ma è accaduta una cosa molto grave, non prevista dal nostro piano, e non so davvero come comportarmi.»
«Hai pianto?» le domandò, notando le palpebre gonfie e passandole i pollici sulle guance.
Lei annuì, si portò una mano sulla fronte e cercò di nascondere un ciuffo di capelli sotto il foulard.
«Parla, dimmi cos'è successo!» la incoraggiò.
«Si tratta di Bruno...» sospirò Margherita, trattenendo a stento un singhiozzo.
Sergio la strinse con forza tra le sue braccia e lei, nascondendo il volto nella sua divisa, si lasciò sfuggire qualche lacrima. Il calore del suo corpo, il buio e il profumo dei prodotti che utilizzava ogni giorno nel suo salone la fecero sentire subito meglio.
Appena smise di piangere, lui allentò la presa e Margherita si avvicinò al suo orecchio per sussurrargli qualcosa.
Il volto del barbiere, di solito rigido e dotato di un forte autocontrollo, talmente forte che molti amici lo paragonavano a un robot, cedette e lasciò trasparire

un'ombra di terrore.
«Hai fatto bene a venire qui. Ora ascoltami con la massima attenzione e fai tutto quello che ti dico. Ci siamo intesi?»
Margherita respirò con intensità per annusare ancora il suo profumo, per poterlo custodire dentro di sé e aggrapparsi a esso. Le palpebre e le spalle le si abbassarono un poco, la mandibola si rilassò e le gambe riacquistarono forza. Sentì la tensione scivolarle via dal corpo come il sapone finisce nello scarico quando si fa la doccia. Non era sola. Sergio era l'uomo più lucido e controllato che lei avesse mai conosciuto. Se c'era qualcuno in grado di toglierla da quel pasticcio, questo era lui! Insieme sarebbero riusciti ad affrontare anche questo ostacolo e ne sarebbero usciti vincitori.
«Sì!» gli rispose con fermezza.

CAPITOLO II

Margherita si era attenuta in modo scrupoloso al piano e in quel momento, come da programma, era seduta su una scomoda sedia all'interno della Caserma dei Carabinieri. Non aveva tolto gli occhiali da sole, scelta abilmente calcolata per nascondere gli occhi, e con un fazzoletto di tanto in tanto si asciugava le guance bagnate dalle lacrime che scendevano silenziose.

Mentre il Carabiniere di fronte a lei pronunciava le solite frasi di rito in cui si mostrava dispiaciuto per l'accaduto, Margherita lasciò vagare lo sguardo. L'ufficio era piuttosto spoglio e disordinato. Le scartoffie giacevano ovunque impilate in colonne pericolanti. Accanto alla scrivania principale c'era un tavolino occupato dal Carabiniere incaricato di trascrivere la deposizione. Alla sua destra, da una grossa finestra in legno spalancata provenivano i rumori delle automobili, del chiacchiericcio della gente e in generale del caos della strada principale sottostante.

Il Carabiniere iniziò con le domande, tutte prevedibili per Margherita che, con grande abilità, aveva sospirato al momento giusto, si era bloccata quand'era stato più opportuno e aveva spostato con naturalezza le mani sulla fronte e sul collo per mostrare il malessere fisico di cui era vittima. Il tutto era stato eseguito con moderatezza perché era convinta che la disperazione imbruttisse chiunque e lei voleva evitarla a ogni costo.

«Potrei avere un bicchiere d'acqua?» chiese con un

filo di voce, mentre tamponava una delle guance.
Il Carabiniere incaricò un suo collega e riprese a condurre la deposizione con un tono di voce più gentile.
«Mi stava dicendo che questa mattina suo marito è uscito di casa prima che lei si svegliasse. Vada avanti.»
Margherita soffocò un singhiozzo.
«Proprio così. Bruno si alzava sempre prima di me. Non ho nemmeno avuto il tempo di salutarlo un'ultima volta...» sospirò con voce intrisa di malinconia «Io sono uscita verso le nove e dopo un'oretta sono rincasata perché avevo dimenticato gli occhiali da sole. Ho ripreso le mie commissioni e poi, come di consueto, sono tornata per l'ora di pranzo, verso l'una, ed è stato allora che...» le parole le morirono in gola insieme a un altro singhiozzo.
Si era diretta verso la camera da letto per indossare degli abiti più comodi ed era rimasta bloccata sulla soglia per qualche secondo a osservare il letto. Le lenzuola in lino erano spiegazzate in più punti e i cuscini sgualciti erano per terra. Aveva sentito nascere in lei un profondo senso di nausea. Con un movimento brusco aveva afferrato il lenzuolo superiore per poter tirare quello inferiore ed era stato allora che aveva visto spuntare una mano dall'altro lato. Bruno, con addosso solamente un paio di slip neri, giaceva prono in una pozza di sangue tra il letto e l'armadio.
«Quindi quand'è tornata a casa la prima volta, per prendere gli occhiali da sole, non è andata in camera da letto?»
La donna afferrò la bottiglietta d'acqua che l'altro Carabiniere le aveva portato. Bevve lentamente e riprese a parlare.

«No, li avevo lasciati su una mensola in corridoio. Sono entrata, li ho presi e sono subito uscita.»
«In quel breve lasso di tempo non ha notato nulla di insolito? Non ha per caso sentito dei rumori o delle voci? Qualcosa che le facesse intendere che suo marito era in casa.» indagò il Carabiniere, ammaliato da quella donna.
Era raro trovare una persona dotata di un simile contegno. Soffriva, questo era evidente, ma riusciva a farlo trasparire senza cadere nell'eccesso. Aveva mantenuto la lucidità ed era stata abile nel reagire con prontezza.
«No, nulla però...» esitò, bloccando la mano con il fazzoletto a due centimetri dal volto, «ho sentito nell'aria un forte profumo di mandarino. Né io né Bruno indossiamo una fragranza simile. Ma credo che non sia un dato rivelante. Quell'odore poteva arrivare anche dalle scale del condominio. Oggi è il giorno in cui vengono a fare le pulizie.»
Il Carabiniere rimase assorto nei suoi pensieri per qualche istante. Avrebbe dovuto convocare subito le donne delle pulizie per interrogarle.
«Ora le devo porre una domanda piuttosto delicata. Come le ho già detto, più informazioni abbiamo e più sarà facile capire chi ha commesso questo orrendo crimine.» ribadì, con il timore che quell'argomento avrebbe potuto mandare in frantumi il suo contegno e metterla in una situazione di tremendo disagio.
Margherita si raddrizzò sulla sedia e smise di piangere.
«Lei non si deve giustificare con me. Sta svolgendo il suo lavoro e io farò di tutto pur di aiutarla.» dichiarò con decisione.
«D'accordo.» riprese lui, ancora più incantato da quella forza, «Aveva un buon rapporto con suo

marito?»

«Capisco a cosa si riferisce.» mormorò lei, chinando il capo, «Noi ci volevamo bene, questo sì, ma Bruno non è mai stato un uomo fedele.» ammise e per la prima volta la sua voce lasciò trapelare una nota di imbarazzo.

«E lei accettava questa condotta libertina?» chiese il Carabiniere con un pizzico di fatica. Avrebbe voluto evitarle tutto quello stress.

«Assolutamente no!» esclamò subito «Ogni volta ho sperato, ho pregato che fosse l'ultima e che lui cambiasse. Oggi ho avuto la conferma che mi aveva ancora presa in giro.»

Margherita notò nello sguardo del Carabiniere una punta di interesse. Voleva saperne di più e lei lo anticipò.

«Il letto era disfatto. Bruno in mutande.» le frasi uscirono secche e piene di disgusto «Non esiste altra spiegazione. Lui non tornava mai a casa prima di pranzo, mai! Sapeva che io sarei stata fuori tutta la mattina e l'unico motivo per cui può essere rincasato è solo quello a cui stiamo pensando sia io che lei!» sentenziò, irrigidendo la mandibola.

«Ha in mente qualche nome, qualche donna che potrei interrogare?»

«Purtroppo non posso aiutarla. Se avessi avuto dei sospetti, sarei stata la prima a intervenire. L'unico consiglio che posso darle è di indagare sul posto di lavoro. Bruno si dedicava anima e corpo al locale e, se ha avuto il tempo di conoscere qualcuno, dev'essere stato per forza lì.»

Qualche ora dopo la deposizione di Margherita e per puro caso, il brigadiere Valini, chiacchierando con altri colleghi, ebbe modo di visionare una fotografia della vittima.

«È stato assassinato quest'uomo?!» farfugliò sbalordito.

CAPITOLO III

Una settimana dopo

Il brigadiere Valini aveva seguito con grande dedizione le indagini relative all'assassinio di Bruno Falciola perché, anche se era consapevole di aver svolto correttamente il proprio lavoro, si sentiva responsabile dell'accaduto. Si era domandato troppe volte cosa sarebbe accaduto se quel giorno gli avesse risposto in un altro modo: avrebbe potuto impedire che quell'uomo venisse ucciso? Dal momento che non poteva trovare la risposta a quell'interrogativo, sperava almeno di individuare il colpevole. Purtroppo, però, i progressi, se così si potevano definire, erano stati minimi e lui aveva il brutto presentimento che il caso sarebbe rimasto irrisolto. L'impresa di pulizie del condominio in cui abitava la vittima era stata di poco aiuto. Una donna aveva visto Margherita entrare in casa e uscire poco dopo e aveva così confermato la deposizione della donna. Nessuno invece aveva visto Bruno. Quindi, dopo aver ricevuto il consenso del Capitano Corso, aveva contattato il suo amico investigatore privato, Carlos Ruggieri, per chiedergli un appuntamento e coinvolgerlo nel caso.
«Fa caldo qui dentro…» sospirò Valini, sventolandosi la faccia con la cartellina che teneva in mano.
Era appena entrato nello studio dell'amico e gli era parso di attraversare una pellicola invisibile che divideva due temperature completamente diverse. All'esterno l'aria si era finalmente rinfrescata e le torride giornate di agosto erano ormai un lontano

ricordo, ricordo che tornava vivido entrando nell'ufficio di Carlos dove la temperatura era simile a quella dei giorni estivi più caldi.

L'affermazione del brigadiere trovò subito conferma nello sguardo sconsolato di Sabrina.

«Già, Carlos ha voluto accendere il riscaldamento per un'oretta. Sentiva un'aria freddina.» la giovane assistente pronunciò quell'ultima frase come fosse un lamento.

«Freddina?!» domandò Valini all'amico.

Ruggieri, con il volto seminascosto dalla tazza di tè e con la massima serietà, rispose:

«Al caldo ragiono meglio!» bevve un sorso e proseguì «In cosa ti posso aiutare?»

Il brigadiere, lanciata un'occhiata di comprensione a Sabrina e con le prime, di una lunga serie, goccioline di sudore sulle tempie, si accomodò di fronte all'investigatore e aprì la cartellina per estrarre i documenti.

Bruno Falciola era stato ritrovato privo di vita dalla moglie il mercoledì precedente. Dopo l'autopsia il medico legale aveva dichiarato che la vittima era deceduta a causa di un colpo contundente alla nuca. L'oggetto utilizzato dall'assassino non era stato rinvenuto nell'appartamento, come non erano state trovate impronte digitali o altro materiale biologico che potesse indirizzare i loro sospetti. L'intero locale era stato pulito minuziosamente.

«E ora passiamo agli aspetti che sono certo ti interesseranno maggiormente!» esclamò il brigadiere «Qualche ora prima di morire Bruno Falciola si è presentato in Caserma per denunciare un ricatto e sono stato proprio io a raccogliere le sue dichiarazioni. Non vi nego che mi sento responsabile di quello che è accaduto subito dopo.»

Lo sguardo di Carlos divenne, come aveva predetto l'amico, più freddo.

«Non ho molti dettagli in merito perché non ha voluto andare fino in fondo. Era agitato, aveva sudato molto e si vedeva che era in un grave stato di nervosismo. Mi ha riferito che una donna, la sua amante, lo stava ricattando e che il costo di quel silenzio stava diventando sempre più alto.»

«E avete scoperto il nome di questa donna?» chiese di getto Sabrina.

«No, a quanto pare Bruno aveva più di un'amante e questo ha reso il nostro lavoro molto complesso.»

Falciola gestiva un ristorante caratteristico per i piatti a base di pesce nella zona del porto e in quei giorni i Carabinieri avevano interrogato tutto il personale scoprendo che la vittima aveva intrattenuto numerose relazioni extraconiugali nel corso degli anni. Di recente si era visto con una giovane cameriera, Giulia Rovi, e con una delle clienti più affezionate al locale, Ines Retti. Inoltre, era iscritto a un paio di siti d'incontri e aveva chattato con moltissime donne. Tra le varie conversazioni, una in particolare era risultata interessante dal punto di vista delle indagini, oltre a essere quella più recente, era anche quella in cui Bruno si era aperto maggiormente.

«Siete riusciti ad assegnare un'identità a questo profilo?» si informò Ruggieri, passando alla terza tazza di tè.

«Non ancora. Sul sito si chiama Vittoria, dice di abitare a Savona e risulta off-line dal giorno in cui Bruno è stato assassinato. I nostri tecnici stanno lavorando per risalire alla fonte.» spiegò Valini, rovistando tra i fogli, «Passiamo al secondo fatto curioso. La moglie della vittima intorno alle dieci, è tornata a casa solo per pochi minuti per prendere gli

occhiali da sole. Ha dichiarato di aver sentito nell'aria un intenso profumo al mandarino e null'altro. Il medico legale ha circoscritto l'ora della morte tra le otto e mezzo e le undici. Quindi in quel lasso di tempo Bruno poteva essere in casa come no.»
«Ah!» esclamò Sabrina, sempre più coinvolta, «La moglie era a conoscenza dell'infedeltà del marito?»
«Sì, ha ammesso di avergli perdonato alcuni tradimenti in passato, ma di non aver sospettato nulla in quest'ultimo periodo.» poi, mentre un sorrisetto compariva sul suo volto, proseguì: «Infine, sempre la stessa Margherita si è accorta che qualcuno ha sostituito le lenzuola del letto e che un completo è sparito dalla casa!»
«Hanno rubato la biancheria del letto?» sottolineò Sabrina.
«Sì, forse per nascondere eventuali prove.» confermò Valini «Inoltre, il medico legale ha affermato che qualcuno si è premurato di ripulire con estrema accuratezza il corpo della vittima. Anche l'appartamento, come vi ho già detto, era appena stato pulito. Chiunque sia stato lì con Bruno ha voluto cancellare qualsiasi possibile traccia.»
Sabrina si era passata una mano nei capelli, sempre corti e arruffati, ed era partita con i suoi mille interrogativi.
«Chi non voleva far sapere di aver avuto dei contatti con Bruno? Perché Vittoria è sparita dalla chat di incontri? Chi tra queste donne lo stava ricattando?»
«Calma!» la ammonì Ruggieri «Concentrati su una cosa alla volta!»
La complicità di Valini e Sabrina sul caldo si ripresentò e i loro sguardi si incrociarono per sostenersi a vicenda.
«Bisogna ammettere che le domande sono davvero

molte.» affermò Valini in difesa dell'assistente.
«Certo, come lo sono i *fatti*. Per questo ci vuole chiarezza, ordine e pazienza.»
Infine il brigadiere consegnò il fascicolo all'investigatore e si accomiatò.

***

Carlos si mise subito a studiare i documenti sul caso Falciola. Dapprima la sua assistente lo imitò e ispezionò con lui quelle carte poi, quando l'operazione iniziò a essere tremendamente ripetitiva, si spostò alla sua scrivania. Aveva letto ogni singola parola e osservato con accuratezza le fotografie, cos'altro sperava di trovare tra quei fogli? Così, prendendo esempio dal suo capo, socchiuse gli occhi per pensare meglio. Ripercorse gli eventi in ordine cronologico e, senza accorgersene, si assopì.
Intanto, Ruggieri, avvolto dal fumo del tè bollente che non l'aveva mai abbandonato, stava osservando per l'ennesima volta le fotografie dell'appartamento di Bruno Falciola. Le stanze erano state costruite seguendo un lunghissimo corridoio. Le prime, una sulla destra e l'altra sulla sinistra, erano la cucina e la sala. Parevano pronte per comparire su una rivista. I marmi lucidi, non un oggetto fuori posto, il lavello immacolato e i vetri delle finestre erano stati puliti con talmente tanta accuratezza da sembrare inesistenti. Le stanze successive erano due camere da letto, una principale e l'altra per gli ospiti. La seconda in perfetto stato, non c'era un granello di polvere ed era già organizzata in modo che chiunque l'avesse occupata, avrebbe trovato subito il necessario: una coppia di asciugamani celesti stirati, un accappatoio del medesimo colore e le lenzuola già pinzate nel

letto. Invece, in quella dei coniugi il letto in disordine e il corpo di Bruno erano come un pugno nell'occhio, dopo le immagini precedenti. Falciola aveva le braccia in una strana posizione, come se avesse cercato di proteggersi durante la caduta, i capelli umidi e lo sguardo perso nel vuoto. Il lungo corridoio terminava con il bagno. Una stanza enorme, provvista di doccia e vasca con idromassaggio. Anche quest'ultimo ambiente era immacolato, pareva non aver mai visto una goccia d'acqua. Un morbidissimo accappatoio azzurro era appeso alla parete e fu allora che Carlos notò che tutta la biancheria era del medesimo colore, abbinata in modo da amalgamarsi alle piastrelle. E, tornando alle immagini precedenti, si accorse che lo stesso ragionamento era stato fatto anche nelle altre camere; per esempio gli strofinacci e la tovaglia si abbinavano ai colori della cucina.
Impilò i documenti, li sbatté contro la scrivania per raddrizzarli e li chiuse nella cartellina. Quindi, si alzò e si posizionò nel suo angolo preferito dove il bollitore pieno e la finestra sul porto lo stavano aspettando. Socchiuse gli occhi e ripercorse tutti i *fatti*.
Quando Sabrina si svegliò da quel pisolino non previsto, nella stanza entrava l'intesa luce di mezzogiorno.
"Mi sono addormentata?" si chiese, stropicciandosi gli occhi, "Questo metodo non funziona affatto!"
Si voltò verso Carlos e lo vide meditare. Mentre si stiracchiava, ancora assonnata, lo sentì borbottare: «In quella casa manca qualcosa. Perché?»

CAPITOLO IV

La prima donna a presentarsi nello studio investigativo Ruggieri fu Giulia Rovi, la cameriera. La ragazza, a dispetto di quello che si era immaginata Sabrina dopo aver visto la vittima, non era bella. Aveva il viso allungato, enfatizzato in modo eccessivo da una treccia laterale, e una bocca larga che ricordava quella di una rana. Possedeva, tuttavia, un tono di voce caldo, profondo e ammaliante e fin dalle prima parole emerse un carattere risoluto e deciso che pareva essere stato assegnato per errore a quel viso.

«Lo so cosa starete pensando.» li anticipò, dopo essersi seduta e aver sfilato la borsa a tracolla, «La solita sciocca ragazzina abbindolata dal capo che le promette di lasciare presto la moglie.» tossicchiò per darsi un tono «Beh, la situazione è molto diversa.»

«Allora ce la spieghi.» la invitò Carlos.

«Tra noi c'era una certa, aggiungerei strana, affinità. Avevamo interessi in comune insospettabili, come registi preferiti o scrittori del cuore, e poi entrambi eravamo alla ricerca di un po' di leggerezza. Nulla di serio!»

La levetta del bollitore scattò e Carlos versò l'acqua in tre tazze.

«Apprezzo la sua schiettezza.» le disse, porgendole il tè.

L'angolo sinistro della bocca di Giulia si alzò formando un sorriso stupito e insieme ammirato.

«E dove si trovava mercoledì mattina?» continuò Ruggieri.

«Fino alle dieci sono stata casa e poi mi sono diretta al locale. Il mio turno per il pranzo inizia alle dieci e mezzo.»
«Al ristorante lo staff era tranquillo? Era tutto in ordine?»
Giulia soffiò sul tè bollente e lo assaggiò appena, scottandosi la punta della lingua.
«Sì, come sempre.» rispose. Poi, posò la tazza e prese dalla borsa un quotidiano: «In quest'articolo il giornalista ha dichiarato che si tratta di un crimine passionale. Secondo lei è vero?»
Ruggieri, abituato a sorseggiare bevande ustionanti, buttò giù un lungo sorso di tè.
«Vista la condotta di Bruno è molto probabile.»
Giulia ripiegò il giornale e disse:
«Allora forse posso esserle d'aiuto. Pochi minuti dopo aver attaccato il turno, quel mercoledì, si è presentata Ines Retti, una cliente molto affezionata al locale e soprattutto al proprietario.» usò un tono malizioso e per nulla geloso «Ha chiesto al cuoco se aveva visto Bruno, perché a quanto pare doveva parlargli con urgenza e poi non è più tornata. Era molto agitata.»
«Quindi lei era a conoscenza del fatto che Bruno aveva altre relazioni?»
«Certo! Gliel'ho detto, avevamo bisogno entrambi di leggerezza e di qualcuno che ci ascoltasse senza giudizi. Io gli raccontavo le mie avventure, lui le sue.»
Gli occhi azzurri di Ruggieri vennero attraversati da un lampo.
«Può riferirci le sue confidenze.»
Giulia tentò una seconda volta di assaggiare il tè, ma scottava ancora troppo.
«Non c'è moltissimo. Si era visto qualche volta con

questa Ines e di recente aveva deciso di chiudere i rapporti.»
«E come mai?»
«Non mi ha dato spiegazioni in merito, mi è parso piuttosto stufo, mi disse che non si era reso conto di chi fosse, ma era prevedibile che andasse a finire così. Se parlerete con Ines, avrete modo di capire meglio le mie parole: recita tutto il tempo con scarsi risultati e pensa pure di essere brava!» finalmente riuscì ad assaggiare il tè «E poi aveva iniziato uno scambio di messaggi con una certa Vittoria su un sito di incontri. Per un attimo ho pensato che per questa donna avrebbe davvero potuto lasciare la moglie. Credo si stesse innamorando!»
Sabrina corrugò la fronte per l'informazione inaspettata.
«E cosa le ha fatto cambiare idea?» le chiese l'assistente.
Giulia lisciò un paio di volte la treccia.
«Quella donna in realtà non esiste, è un profilo falso! Certo, Bruno non voleva vedere i segnali e, quando ho provato a farglieli notare, si è infuriato accusandomi di essere solo invidiosa. Ma credo di aver sempre avuto ragione. Ogni volta in cui si organizzavano per un incontro, lei lo annullava all'ultimo momento per un imprevisto. Non aveva mai tempo per delle telefonate e preferiva scrivere messaggi. Mai una videochiamata. E tutto questo è andato avanti per più di un mese. Dietro al profilo di Vittoria chissà chi si nasconde...» dichiarò con una certa aria di mistero.
Sabrina annotò il nome Vittoria sul taccuino e lo cerchiò con il colore rosso. Il ruolo di quell'amante si faceva sempre più interessante e lei non riuscì a non perdersi in un elenco lunghissimo di tutte le identità

che potevano essere celate dietro quel semplice nome. Intanto Ruggieri era passato a un altro argomento e aveva chiesto a Giulia quale fosse la sua situazione economica. La giovane cameriera imperturbabile anche di fronte a quel quesito, continuò a rispondere con chiarezza.

«Non posso dire di navigare nell'oro, ma me la cavo. Lo stipendio al locale era buono e, ogni tanto, Bruno mi dava qualcosa in più che ho messo da parte per le emergenze. Ora dovrò cercarmi qualcos'altro perché dubito che Margherita mi vorrà ancora come cameriera, almeno per salvare le apparenze.»

«Beh, credo che qualsiasi moglie non accetterebbe sul posto di lavoro quella che si è rivelata essere l'amante del marito.» precisò Carlos.

«Certo, una moglie normale! Margherita ha sempre saputo tutto e ha fatto finta di niente per i suoi interessi.»

«Sapeva di lei?»

«Non so se ne avesse la certezza, ma lo sospettava. L'avevo capito dal modo in cui mi guardava.»

«E per quale ragione Bruno le dava qualcosa in più?» continuò a indagare Ruggieri.

«I miei genitori non mi hanno mai aiutata economicamente, lui lo sapeva e allora voleva regalarmi un po' di tranquillità.» e, notando che lo sguardo dell'investigatore si faceva penetrante, domandò a sua volta: «Pensate che mi pagasse per il tempo che trascorrevamo insieme? Non è così, non sono quel tipo di donna!» puntualizzò con risentimento.

«Questo l'ho subito capito, anzi lei è dotata di una grandissima abilità di ragionamento.» si complimentò Ruggieri.

Giulia, spiazzata, rimase senza parole e per non

mostrare il suo piccolo vacillamento prese il pacchetto di sigarette nella borsa.
«Se è tutto, io andrei.»
«Per oggi sì. Mi tolga solo un'ultima curiosità: il profumo che adopera è a base di agrumi?»
La giovane si era già alzata dalla sedia e aveva appena estratto una sigaretta dal pacchetto.
«Sì, a base di mandarino. È una varietà forte, persistente che copre alla perfezione l'odore di questa!» e alzò la sigaretta «Al lavoro i clienti potrebbero lamentarsi dell'odore del fumo e io non voglio privarmi di questo mio piacevolissimo vizio.»
Sabrina aveva iniziato a fare lunghe inspirazioni per sentire meglio quella fragranza. Era davvero persistente e piacevole al punto tale che lei si era fin da subito abituata a quel profumo senza più farci caso.
«L'odore che ha sentito Margherita!» esclamò, appena restarono soli.

***

Carlos tornò a casa per cena e, come ogni sera, si ritrovò a vivere il momento più bello dell'intera giornata, quello in cui le sue gemelline, Anna e Maria, gli correvano incontro appena sentivano scattare la serratura. Quelle due pesti crescevano a vista d'occhio e lui ogni giorno si ritrovava a chiedersi per quanto tempo ancora sarebbe riuscito a prenderle entrambe al volo, a sollevarle fino al suo volto per permettere loro di sommergerlo di baci.
Subito dopo, era il turno della moglie. Rosina si gustava la scena appoggiata con la spalla destra al muro. Stava a un metro di distanza per poterli ammirare in tutta la loro bellezza, per sentire i forti

schiocchi dei baci delle bambine e perdersi nelle loro risate quando il padre fingeva di soffocare per il loro affetto. Si avvicinava al marito per l'ultimo bacio, il suo.
Quando si accostò alla guancia di Carlos, il solito sorriso spontaneo che nasceva sulle sue labbra si tramutò in uno a trentadue denti.
«Cosa succede?» le domandò Ruggieri.
«Profumi di mandarino!» ribatté lei con entusiasmo, allargando le braccia al cielo, «Finalmente!»
Carlos continuava a non capire e a guardarla con perplessità.
«Ogni sera, al tuo rientro, purifico la casa con la salvia bianca per allontanare la negatività che ti trascini dietro con il tuo lavoro.»
L'investigatore fece un mezzo sospiro. Rosina lo amava tanto quanto non sopportava il suo lavoro, era, come soleva definirsi lei, allergica al crimine. E questo suo pensiero unito alla sua particolare superstizione aveva generato negli anni episodi buffi e indimenticabili.
«Ma tu stasera» stava continuando con gli occhi sognanti «profumi di mandarino! E proprio l'altro giorno Addolorata mi ha spiegato che l'aroma degli agrumi è un portafortuna. È un'essenza usata per rallegrare il cuore, per mettere di buon umore!» poi, chiudendo gli occhi e intrecciando le dita, sussurrò con piacere «Finalmente hai addosso un po' di positività! Finalmente!» ripeté, alleggerita nell'animo.
Ruggieri non fiatò. Non era il caso di spiegare chi aveva portato quel profumo e non era nemmeno il caso di obiettare a tutte quelle sciocchezze che l'amica di Dora, nonna di Sabrina, continuava a dire a sua moglie. Per una volta, e forse sarebbe stata anche l'ultima, la superstizione gli aveva sorriso!

Per l'occasione insolita, Rosina preparò delle sfogliatine al mascarpone.
"Tutto sommato dovrei informarmi di più sul mondo della superstizione, i vantaggi potrebbero essere notevoli!" ponderò Carlos, mentre addentava la terza porzione di dolce.

CAPITOLO V

Ines Retti, una donna elegante e raffinata, era seduta di fronte a Ruggieri e stava paragonando la differenza tra quella stanza e quella in cui l'avevano convocata i Carabinieri. Questo era l'ambiente che lei prediligeva e, nel suo completo in tweed, si intonava a meraviglia ai mobili in legno, ai tappeti, ai quadri alle pareti che rimandavano a opere famose, alle piante ben curate e alla vista piacevolissima sul mare e sul porto della città. Sebbene sorridesse e si mostrasse spensierata, il viso tirato e un accenno di occhiaie tradivano la sua preoccupazione.

«Sto cercando di mantenere una certa riservatezza. Ne ho già parlato con i Carabinieri e hanno detto che faranno il possibile.» continuando a sorreggersi al manico rigido della borsetta, si piegò in avanti e sussurrò «Sa, io sono sposata. Preferirei che questa triste parentesi restasse lontana dalle orecchie di mio marito.» e tornò ad accomodarsi piuttosto rigidamente sulla sedia.

«Inizi raccontandoci cos'ha fatto mercoledì mattina.» replicò Carlos, sapendo di non poter fare quel tipo di promessa.

Ines si aggiustò i capelli già perfetti grazie alla permanente e disse di essere stata a colazione con un'amica, di aver fatto qualche commissione e di essere poi tornata a casa.

«Tutto qui? Non si è presentata al ristorante di Bruno?»

Ines impallidì. Come aveva pronosticato l'investigatore, non si aspettava una simile domanda,

non pensava che lui potesse avere qualche informazione in più rispetto ai Carabinieri.
«No, non sono andata.» tentò di negare, poco convinta, «Non so da dove lei abbia preso una simile informazione.»
Il volto di Ruggieri si fece duro.
«Ne è sicura?»
«Ora non vorrei sbagliarmi, confondermi con i giorni. Questa notizia mi ha un po' scombussolata.» farfugliò «Potrei essere passata per un saluto. Bruno e io ci volevamo bene, in fondo.»
«Ma non vi eravate da poco allontanati?»
Ines si lasciò cadere indietro con la schiena e mimò un lieve malessere. Ecco a cosa si riferiva Giulia, pensò Sabrina, quella donna era la regina del melodramma.
«Allontanati noi? Ma chi le ha detto una simile sciocchezza?»
Carlos si alzò, prese una tazza dall'armadietto in cui custodiva la sua collezione e gliela porse piena di tè zuccherato.
«Lo beva, si sentirà subito meglio.» la incoraggiò, pur sapendo che era tutta una pantomima.
Ines osservò la ceramica in stile siciliano: era talmente bella che invogliava a bere. Assaggiò l'infuso a piccoli sorsi, sottolineando quanto anche quel piccolo gesto le risultasse faticoso.
«Forse voleva parlargli del vostro allontanamento?» suggerì Sabrina, sicura di aver fiutato la pista giusta.
Il volto di Ines si distese.
«Se devo essere onesta, avevo dei dubbi sulla nostra frequentazione. Non volevo che mio marito scoprisse nulla. Sì, è probabile che volessi parlargli di questo!» ammise, lanciando un sorriso alla giovane assistente.
Ines ebbe l'impressione che i muri, mirabilmente

decorati, si facessero sempre più vicini fino quasi a soffocarla. Venne salvata dallo squillo del telefono che con il suo trillo riportò la stanza alla normalità. L'investigatore rispose e disse solo poche parole che, al di fuori del contesto, risultarono indecifrabili. Posò la cornetta con un gesto secco e riferì:
«I Carabinieri verranno tra pochi minuti a prenderla per un ulteriore interrogatorio.»
«Un altro?» chiese, mentre le mani, saldamente strette alla tazza, iniziavano a tremare.
«Suo marito è già lì.»
«Mio marito, perché l'hanno convocato?» domandò di getto.
Carlos rimase immobile per qualche secondo a studiare quella reazione, non era quella che aveva immaginato.
«È stato visto mercoledì mattina presso il condominio in cui abitava Bruno.» le accennò, avendo avuto il consenso direttamente dal Capitano.
Ines si ammutolì e si trasformò in una statua.
«Non ha nulla da dire? I testimoni l'hanno descritto come una persona inquieta.»
«Non ne ho idea.» sussurrò.
Rimasero in silenzio, in un'atmosfera pesante, fino all'arrivo del Carabinieri.
Intanto, in Caserma, Pietro negava categoricamente di essere stato in quella zona verso le dieci e mezzo del mercoledì precedente. Solo quando venne informato della tresca che la moglie aveva con Bruno Falciola, ammise di essere stato colto dal dubbio e di averlo cercato per ottenere una confessione. Aveva citofonato con insistenza, come alcuni condomini avevano riferito, ma nessuno si era degnato di rispondere.

***

L'ultimo appuntamento della mattina era con Margherita, la moglie della vittima.
L'attenzione dell'investigatore e della sua assistente venne catturata dal rosso intenso dei suoi capelli, il colore era naturale e brillante.
«So che state collaborando con i Carabinieri. Farò di tutto per esservi d'aiuto.» esordì mostrando il solito equilibrato contegno.
Dapprima Carlos le fece dire i suoi spostamenti di mercoledì mattina. Anche lei, come le altre due donne, non aveva un vero e proprio alibi. Era stata qui, poi lì e sicuramente avrebbero trovato delle persone in grado di confermarlo ma sarebbe stato impossibile stabilire con precisione i tempi. Passò alla seconda fase dell'interrogatorio.
«Mi descriva il carattere di Bruno, per me è molto importante conoscerlo.»
«Era un uomo sempre allegro e difficilmente si lasciava sopraffare dagli eventi. Davvero poche cose lo turbavano. Sapeva di essere bello e giocava spesso questa carta con le altre donne. In passato non si è comportato correttamente con me, però ha sempre trovato il modo di farsi perdonare e io, come una sciocca, ho creduto potesse cambiare.» anticipò la vicenda, consapevole che sarebbero comunque finiti a parlare della sua infedeltà.
«Quindi lei nell'ultimo periodo non ha nutrito alcun sospetto sulla sua condotta?»
«No, nulla.» confermò con prontezza.
«Eppure qualcuno, di cui non posso rivelarle il nome, mi ha detto che lei ne era a conoscenza ma che preferiva soprassedere.»
Margherita si lasciò andare in una risata.

«Mi conveniva far finta di nulla? Beh, chiunque gliel'ha detto si è sbagliato di grosso. Il locale, quello che gestiva mio marito, è sempre stato di mia proprietà, non sua. Al massimo era lui a dovermi tenere buona!» rivelò, fiera di averli stupiti.

Carlos si rimproverò silenziosamente per non essersi documentato su quel dettaglio. L'avevano dato tutti per scontato ed era stato un grave errore.

«Capisco. Allora le pongo un'ultima domanda: alla luce dei fatti chi pensa possa essere stato?»

Margherita si sfregò le mani.

«Ines non è il tipo di donna in grado di commettere un gesto simile. Le conosco quelle come lei, giocano su altri campi. Giulia invece è una ragazza forte, tenace e da lei ci si può aspettare di tutto, anche l'impensabile. È davvero intelligente! Se dovessi scegliere tra le due direi proprio la seconda.»

«Brancolavo nel buio, ma le sue deduzioni mi hanno aiutato a uscirne.» la ringraziò Ruggieri con un sorriso e Sabrina lo fissò perplessa.

CAPITOLO VI

Il giorno seguente, Carlos e Sabrina vennero avvisati dal brigadiere Valini che il tecnico informatico era riuscito a scovare la fonte del profilo di Vittoria. Era stato usato un numero acquistato di recente e, dopo ulteriori ricerche, era riuscito a risalire all'acquirente e cioè a Margherita. Carlos aveva approfittato dell'imminente convocazione della donna in Caserma per chiedere al Capitano Corso di far radunare anche tutti gli altri. Era giunto il momento del confronto finale.

La prima ad arrivare, con un'ora di anticipo, fu proprio Margherita che doveva essere interrogata dai Carabinieri. Ruggieri e Sabrina si erano seduti in disparte ad ascoltare. La donna, sebbene stesse mentendo spudoratamente, rispondeva sempre con decoro, senza mai alzare il tono di voce o mostrarsi irritata. Dopo aver potuto visionare i fogli del tecnico informatico e aver compreso che quelle dei Carabinieri non erano supposizioni ma certezze, ammise di aver creato quel profilo.

«Volevo vedere se mio marito era davvero fedele.»

«E per quale ragione non ce l'ha detto?» domandò il Capitano Corso.

«Perché dopo tutto mi piaceva scambiare quel tipo di messaggi con lui. È stato come tornare indietro nel tempo, quando mi corteggiava e aveva occhi solo per me.» e incrociò le braccia.

***

Poco dopo, arrivarono tutti gli altri. Per accontentare la mania di Ruggieri, il brigadiere Valini mise le sedie a formare un semicerchio di fronte alla scrivania del Capitano. Margherita non si voltò nemmeno a osservare le altre due donne che entravano, si comportò come se non esistessero. Lanciò solo uno sguardo a Pietro, non aveva la minima idea di chi fosse.

Carlos si posizionò al centro e, come sua abitudine, iniziò dal principio.

«Il carattere e le abitudini della vittima rappresentano sempre la chiave per risolvere un caso. Lì troviamo tutte le informazioni necessarie per analizzare i *fatti*. Bruno mi è stato descritto come un uomo allegro, molto attento al proprio aspetto, che amava il divertimento e la presenza di tutte voi qui ne è la conferma.» soffermò i suoi occhi, brillanti come due lapislazzuli, su ognuna di loro. Erano tre donne diverse, una non aveva nulla in comune con la sua vicina, se non un certo fascino.

«Ognuna di voi avrebbe avuto sia il movente che l'occasione per commettere questo crimine. E anche lei, Pietro. Ora procediamo con ordine. Giulia, il suo profumo è stato sentito nell'appartamento di Bruno. Nega di essere stata lì?»

La ragazza abbozzò un sorriso.

«Assolutamente! Io non ero lì.» dichiarò con sicurezza.

«E i soldi che Bruno le ha dato, li ha veramente ottenuti senza dover chiedere nulla o l'ha forse ricattato?»

«Non ho ricattato proprio nessuno!» esclamò, calma.

Carlos le rivolse un piccolo cenno con il capo a indicare ancora quanto apprezzasse la sua franchezza limpida e priva di ritegno.

«È vero, perché la ricattatrice era un'altra.» si voltò e pronunciò il nome «Ines!»
«Io?!» protestò la donna, iniziando a dimenarsi sulla sedia e a cercare aiuto nel marito che però rimaneva impassibile.
«Certo! Non è stato difficile capirlo e posso anche ricostruire i fatti per dimostrarglielo. Suo marito deve aver scoperto la sua relazione extraconiugale e, invece di adirarsi, ha pensato di sfruttare la situazione a suo vantaggio, estorcendo quanto più denaro possibile al suo amante.»
«Non so come le sia venuta un'idea simile!»
«Perché non sa fingere. Durante la nostra chiacchierata, ha detto più volte di temere che suo marito venisse informato sulla verità ma, quando Pietro è stato convocato in Caserma, non si è mostrata intimorita da quello che avrebbero potuto rivelargli. Lei temeva che avessero scoperto il vostro imbroglio.» fece una pausa «Anche il suo tentennamento nel giustificare il motivo per cui ha cercato Bruno mercoledì mattina me l'ha confermato.»
Ines biascicò qualche scusa incomprensibile e senza senso, dando dei colpetti a Pietro per invogliarlo a intervenire, ma l'uomo preferì ancora restare nel suo silenzio.
«Bruno non voleva più darle un centesimo e credo che le avesse rivelato la sua intenzione nel volerla denunciare. Perciò quella mattina lei l'ha cercato al ristorante, invece suo marito si è recato a casa sua. Dovevate salvare in qualche modo la situazione. Mi sono subito domandato come Pietro potesse sapere doveva abitava Bruno. Qualcuno doveva averglielo detto. Inoltre perché non l'ha cercato direttamente sul posto di lavoro? Perché lei gli aveva già detto che non

era lì.»
«Quindi è stato quest'uomo a uccidere Bruno?» domandò Margherita, voltandosi per la prima volta e scrutando con astio la coppia.
Carlos scosse la testa ancora prima che Ines potesse fiatare. L'attenzione di tutti era concentrata al massimo su di lui.
«No, non è stato Pietro.» fece una pausa, indirizzò il suo sguardo in un punto preciso e disse «Margherita, lei ha commesso un gravissimo errore!»
«Quale errore?» gli chiese d'impulso senza più mantenere il solito comportamento misurato.
«Ha dimenticato una cosa e in una casa come la vostra, perfetta, era impossibile non notarlo.»
La donna corrugò le sopracciglia e bisbigliò: «Ho pulito tutto...»
«In bagno c'era un solo accappatoio!» rivelò intanto Carlos.
A quell'affermazione gli occhi dei presenti si fecero dubbiosi.
«Presumo che nell'ultimo periodo lei abbia conosciuto un uomo di cui si è davvero innamorata.»
Margherita non proferì parola ma nella sua mente si proiettò subito l'immagine rassicurante di Sergio. Magari fosse stato lì a proteggerla, a supportarla.
«Per questo desiderava chiedere il divorzio ma non voleva dover dare nessun assegno di mantenimento a suo marito che dipendeva da lei economicamente e dal suo ristorante. Quindi, doveva dimostrare al giudice l'infedeltà di Bruno in modo che la rottura venisse imputata a lui e ha così creato il profilo di Vittoria, nome non scelto a caso, ma che doveva rappresentare la sua rinascita.»
«Sì, ho già ammesso di esserci io dietro al profilo di Vittoria.» ribadì Margherita «E questo dimostra che

non avevo motivi per commettere un simile gesto.»
«Mi faccia ripercorre gli eventi di quel mercoledì.» la pregò l'investigatore «Mi dica, quando è ritornata a casa la prima volta, si è accorta che Bruno era già morto, non è vero?»
La donna sgranò gli occhi.
«Sì.»
«Ed è allora che è stata assalita dal panico. Non aveva un alibi, ma possedeva un ottimo movente, i tradimenti di suo marito non erano un segreto per nessuno. Non so cos'abbia realmente fatto in quel lasso di tempo, ma è riuscita a elaborare un piano. Prima di contattare i Carabinieri, doveva spostare il cadavere e far pensare che il colpevole fosse una donna, una delle sue amanti. Ha disfatto il letto e poi ha inventato quell'assurda storia delle lenzuola sparite per far credere che Bruno si fosse coricato con la sua amante.»
Margherita si sentì messa all'angolo.
«È vero. L'ho trovato in bagno. Non sapevo cosa fosse accaduto, ma non potevo correre il rischio di essere accusata. Quando l'ho visto, ho agito presa dal panico e mi sono gettata su di lui, senza accorgermi di aver compromesso tutta la scena.»
«E ora mi dica come ha trovato il corpo di suo marito.»
«Era in slip, accasciato per terra. C'erano acqua e sangue un po' dappertutto. Presumo si fosse difeso...» sospirò.
«E c'erano delle tracce d'acqua anche nel corridoio?»
«Non lo so. Penso di sì, c'erano anche le mie.» rispose Margherita, nascondendo il volto fra le mani.
«Quindi cos'ha fatto?» la invitò a continuare Ruggieri.
«Sono subito uscita. Le donne delle pulizie mi

avevano vista e non potevo stare lì troppo tempo.» si fermò. Si concentrò sul momento in cui aveva raccontato tutto a Sergio e al modo in cui lui l'aveva aiutata pensando a tutti i dettagli: le lenzuola, la scusa degli occhiali, il profumo al mandarino per coinvolgere la cameriera. Ma non poteva trascinarlo con sé. Quindi, si limitò a dire: «Sono andata in un bar e ho riflettuto su cosa potevo fare per indirizzare i sospetti altrove. Ero disperata!»

«Ma allora, chi ha ucciso Bruno?» domandò Giulia con voce stentorea.

Carlos abbassò la testa.

«Nessuno.» sospirò «Lei Giulia è stata coinvolta dalla moglie. Inoltre ora, grazie a Margherita, sappiamo che alle dieci suo marito era già morto e Pietro è stato visto nei paraggi alle dieci e mezza. Bruno è scivolato dopo aver fatto la doccia, ha picchiato la nuca e deve aver perso i sensi poco dopo. Per questa ragione in bagno c'era una gran confusione ed ecco perché non è stata trovata l'arma del delitto.»

«Lei come ha fatto a capirlo?» indagò Giulia, con uno sguardo acuto.

«Come vi ho detto in principio tutto sta nel carattere della vittima. Bruno era un uomo vanitoso, aveva sudato tantissimo quella mattina per recarsi dai Carabinieri a sporgere denuncia e non si sarebbe mai presentato in quello stato al lavoro. È tornato a casa per farsi una doccia ed è semplicemente scivolato a terra mentre si rivestiva. La prima cosa che mi ha insospettito è stata l'assenza di uno dei due accappatoi. In un'altra casa non avrei badato a questo dettaglio, ma in quella casa tutto era calcolato con precisione. Allora perché non c'era? Doveva essere stato tolto perché era bagnato e chiunque l'aveva fatto non voleva far sapere che Bruno si era fatto la

doccia.»
«Dovevate concentrarvi sulla camera da letto, sui suoi tradimenti.» intervenne Margherita «È vero, desideravo il divorzio, non volevo dargli nemmeno un soldo.» ancora una volta il pensiero volò a Sergio «Non potevo rischiare di essere sospettata...» e lasciò la frase in sospeso.
«Siamo sempre noi, con le nostre paure e con i nostri desideri, a complicare tutto, anche ciò che sarebbe di facile risoluzione.» concluse l'investigatore, incrociando le braccia dietro la schiena.

***

«E hai capito tutto per un accappatoio mancante?» domandò Sabrina, una volta tornati in ufficio.
«Quello è stato l'inizio. Mi sono poi posto delle domande fondamentali. Margherita quale vantaggio avrebbe avuto dalla morte del proprio marito? Nessuno, il ristorante era di sua proprietà e non aveva alcun problema economico. Al contrario era Bruno a dipendere da lei, per questo si è recato in Caserma in preda all'ansia, temeva di perdere tutto. Inoltre, grazie al finto profilo di Vittoria, Margherita avrebbe ottenuto a breve ciò che desiderava. Quindi perché complicare tutto e commettere un reato gravissimo?»
«Eppure alla fine ha complicato davvero la situazione.» commentò la giovane assistente.
«Perché ha agito guidata dal terrore!» concluse l'investigatore, fissando il fumo che saliva dalla tazza di tè.

LA SIGNORA DELLE STOFFE

CREMA DI NOCCIOLE E CIOCCOLATO

INGREDIENTI: 150 ml latte, 100 g nocciole, 120 g zucchero di canna, 100 g cioccolato fondente e 20 g cacao amaro.

PROCEDIMENTO: inserire nel frullatore lo zucchero e le nocciole e frullare fino a quando il composto diventa una crema. A questo punto aggiungere il cioccolato, precedentemente tagliato in modo grossolano, il cacao e come ultimo ingrediente il latte. Cuocere la crema a bagnomaria per un paio di minuti e conservarla in frigorifero per massimo una settimana.

CAPITOLO 1

Un intenso profumo di polli allo spiedo investì Rosina che rallentò e si voltò leggermente a destra dove, su un grande furgone provvisto di tenda, vide due donne le cui mani sollevavano a gran velocità formaggi, uova o carni, in base alle richieste dei clienti. Alle loro spalle, dentro due grossi girarrosti, lunghe file di polli dalla pelle dorata roteavano e sprigionavano quel profumino che aveva catturato la sua attenzione. Mentre si faceva largo tra un gruppo di signore alquanto agguerrite che sgomitavano per avvicinarsi al furgone e impedire alle altre di rubar loro il posto, Rosina si ripromise di acquistarne uno per la cena, ma l'avrebbe fatto al ritorno. Adesso il suo obiettivo era raggiungere la bancarella dei tessuti per cui aveva fatto il grande sforzo di abbandonare il calduccio della propria casa quel primo lunedì di dicembre che si prospettava freddo, grigio e ventoso.

Da quando le gemelline, Anna e Maria, avevano iniziato l'asilo, le giornate di Rosina erano parecchio cambiate, si erano allungate e lei come per magia aveva guadagnato preziose ore in più. Era finalmente riuscita a riprendere a cantare nel locale in cui si esibiva prima della gravidanza; il proprietario, un caro amico, l'aveva subito riaccolta a braccia aperte. Si era anche dedicata a numerose attività che rimandava da tempo. Per esempio, una mattina come tante altre, senza pensarci più di troppo e ancora in vestaglia, era scesa in cantina per recuperare alcuni scatoloni impolverati che giacevano lì, dimenticati da anni. Fotografie, riviste, souvenir di vecchi viaggi e numerosi vestiti rividero la luce del sole dopo ben tre anni di buio e insieme a essi un flusso incessante di ricordi. Un abito in particolare, rosso con ricami bordeaux, ideale per il mese di dicembre, aveva risvegliato in lei una piacevolissima sensazione. Quanti Natali festeggiati con quel vestito e, sulla scia di quei pensieri, aveva voluto subito indossarlo nuovamente per rivivere sulla sua pelle quelle vecchie emozioni, dimenticando che nel frattempo la gravidanza le aveva ammorbidito i fianchi. E, infatti, il vestito si era bloccato poco più in su delle cosce e aveva emesso un suono inequivocabile: quello della stoffa strappata. Aveva quindi chiesto l'aiuto di Dora per rammendarlo e regalarlo a Sabrina, la giovane assistente di suo marito che poteva ancora vantare fianchi snelli. Ed ecco chi le aveva indicato quella precisa bancarella a cui si stava avvicinando, la più fornita di tutta Savona. Aveva appena superato la zona dedicata alle piante che, visto il periodo, esibiva lunghe file di giganti stelle di Natale che a pochi fortunati sarebbero sopravvissute fino all'anno successivo, oltre a ciclamini di tutti i colori e a cavoli ornamentali.

«Buongiorno, mi servirebbe della stoffa per rimediare a questo danno.» disse Rosina, infilando le mani intorpidite dal freddo in una busta di carta.

La signora dietro il banco scrutò il vestito in silenzio, lo sfregò un paio di volte tra pollice e indice per capire meglio il tessuto con cui era stato confezionato e si mosse lentamente verso la parte opposta. Rosina la seguì e, mentre l'altra maneggiava i pesanti rotoli sovrapposti gli uni sugli altri per trovare la stessa tonalità di rosso, sentì nascere dentro di sé il desiderio di studiarla, cosa alquanto rara. Era infatti insolito per Rosina soffermarsi ad analizzare chi aveva di fronte,

attribuiva quella dote al marito e alla sua giovane assistente. Ma quella donna alta, magra e senza forme che aveva di fronte pareva immersa nello sconforto assoluto. E questa percezione non era da attribuire ai capelli corti e grigi e nemmeno al colore slavato degli occhi. C'era in lei qualcosa di indefinibile che trasmetteva angoscia, smarrimento e delusione. Avvertì l'istinto di sporgersi in avanti per accarezzarla e rincuorarla, ma quando la commerciante alzò lo sguardo, Rosina si svegliò di colpo da quei pensieri e rimase con la mano a mezz'aria per qualche secondo.
«Mi sembra perfetta...» mormorò poi imbarazzata abbassando rapidamente la mano sulla stoffa per giustificare la strana posizione.
«Si tratta di un cotone misto cashmere. Viene dodici euro al metro.» la informò in tono freddo.
Ogni sillaba pronunciata da quelle labbra sottili confermò a Rosina la sensazione iniziale: quella signora stava soffrendo, e pure parecchio. Si muoveva e parlava come se fosse tormentata da una serie di crampi alla pancia che tentava a tutti i costi di reprimere.
«Allora me ne dia un metro.» replicò, dimenticando le raccomandazioni che le aveva fatto Dora su come confrontare i tessuti alla luce o cercare di trattare sul prezzo.
La donna prese un paio di forbici da sarta, un metro e iniziò a srotolare il tessuto. Zac, zac, zac... il suono del taglio ipnotizzò Rosina. Le urla degli altri venditori con cui decantavano i propri prodotti come i migliori o sottolineavano l'assurdità dei ribassi dei prezzi del giorno, il chiacchiericcio indecifrabile dei passanti, il pianto di un bambino nel passeggino e l'abbaiare di due cani poco distanti da lei, divennero

sempre più lontani come se una fitta nebbia stesse a poco a poco avvolgendo tutto quanto. Il respiro lento e sofferto della signora delle stoffe divenne l'unico suono in grado di superare quella foschia.

«Ecco, lo prenda.» la esortò la commerciante con in mano il sacchetto.

Rosina si destò nuovamente e la realtà tornò a risuonare attorno a lei come se non fosse accaduto nulla. Pagò e parlò guidata dall'istinto.

«Non è da me essere così invadente.» puntualizzò «Ma mi sembra che lei stia vivendo un momento difficile. Mio marito è un investigatore privato, magari potrebbe aiutarla. La prego solo di non dirgli che sono stata io a darle il suo numero.» e le porse un biglietto da visita che aveva appena preso dalla borsa.

Un lieve tremore sfiorò la bocca della donna.

«Grazie.» rispose in un soffio di fumo bianco dovuto al freddo.

Rosina tornò dritta a casa senza passare dal banco dei polli. Non riusciva a pensare ad altro che al volto triste della signora delle stoffe e a quell'ultimo grazie pronunciato con tanta sofferenza.

CAPITOLO II

La signora delle stoffe aveva da poco smontato il banco, caricato il suo furgoncino e, invece di tornare a casa, aveva deciso di fare una deviazione. Non era sicura che quella fosse la scelta giusta, ma qualcosa doveva pur tentare.
Lo studio investigativo di Carlos Ruggieri caldo e ben arredato le diede l'idea di trovarsi nel posto giusto.
«So che il mio caso è alquanto bizzarro.» esordì, tenendo la testa leggermente di profilo e scrutando appena sia l'investigatore che la sua assistente, «Voi in genere indagate su un vero delitto, su qualcosa che è già accaduto e non che potrebbe avvenire. Ecco il mio delitto non è ancora stato commesso, ma temo che avverrà a breve. Si tratta quindi solo di un sospetto.» e le parole vibrarono tra le sue labbra piene di paura.
«Si spieghi meglio.» la incoraggiò Carlos.
«Credo che mio marito voglia sbarazzarsi di me!» lo disse tutto d'un fiato e subito dopo lo sguardo passò con timorosa curiosità dall'uno all'altra per scrutarne le reazioni. Non riuscendo a decifrare i loro volti, si sentì in dovere di fare un passo indietro:
«Lo so, è un pensiero terribile!»
Ammettere per la prima volta ad alta voce i suoi sospetti le aveva fatto un certo effetto. Nell'ultimo periodo quelle parole si erano insinuate spesso tra i suoi pensieri, ma pronunciarle le aveva rese incredibilmente vere e crude. Si sentì pervadere dal pentimento. Cosa ci faceva lì? Con uno scatto si alzò dalla sedia.

«Ho sbagliato a venire qui! Non posso parlare in questo modo dell'uomo che ho accanto da quarant'anni!» e, colta da un improvviso senso di vergogna, si portò una mano sulla bocca sottile tutta contratta.
«Adesso si calmi.» disse Carlos «La vuole una tazza di tè caldo?»
La signora delle stoffe restò in piedi ferma come un palo e trovò appena la forza per annuire.
«Allora si sieda e mi racconti un po' di lei.» la invitò Ruggieri, mentre trafficava con il bollitore per preparare l'infuso.
«Mi chiamo Silvia Giannini. Ho conosciuto Leonardo da ragazzina e ci siamo subito sposati. Lui è un ex fabbro, ora in pensione, mentre io sono stata una sarta specializzata in costumi teatrali. Ho lavorato molti anni proprio per il nostro Teatro Chiabrera e custodisco dei ricordi splendidi.» raccontò fiera del contributo che aveva dato alla sua città «Poi sono andata in pensione, ma il mondo delle stoffe mi mancava, così ho deciso di allestire un banco al mercato in cui vendo tessuti. È bello poter guidare gli altri nelle scelte e cercare di trasmettere a qualcuno le mie conoscenze. E, se un giorno riuscirò, mi piacerebbe aprire una piccola scuola di cucito!»
Prese fra le mani la tazza piena di tè e ne ingoiò avidamente un sorso per scacciare il groppo che le aveva stretto la gola fino a quel momento.
«Potrei definire la nostra vita tranquilla, come quella di molte altre coppie. Fino a quando, circa un mese fa, mio marito mi ha confessato una cosa.» si rabbuiò di nuovo «Circa vent'anni fa ha avuto una relazione con un'altra donna. Questo avrei anche potuto perdonarglielo, con il tempo, si intende.» sospirò e bevve ancora un po' «Però, da questa storia è nato un

figlio. Lui lo sapeva e non ha fatto proprio niente! Non l'ha riconosciuto, non me ne ha parlato...» e con voce incredula terminò «è riuscito a far finta di nulla per tutti questi anni!»
Tuffò di nuovo la faccia nella tazza, ma questa volta non vi trovò alcun sollievo per la morsa che le stringeva la gola.
«Per quale ragione gliel'ha confessato proprio adesso?» indagò Ruggieri che, da amante del tè qual era, aveva già terminato il suo.
Silvia posò la tazza sulla scrivania e guardò l'investigatore con aria sconsolata.
«Non l'ha riconosciuto, ma l'ha sempre tenuto sotto controllo. Da qualche settimana questo ragazzo ha perso la madre e mio marito non riesce ad accettare che sia solo al mondo. Non lo so...» si strinse nelle spalle sconfortata «forse è una crisi di mezz'età o forse non riesce più a sopportare il peso della sua colpa. Comunque lo vuole riconoscere e desidera donargli una grossa cifra come risarcimento per averlo abbandonato.»
Sabrina alzò lo sguardo dal taccuino su cui, come sempre, prendeva appunti. Dopo numerose esperienze vissute al fianco di Carlos aveva capito che il motore di quasi tutti i litigi o i crimini era il denaro ed eccolo comparire anche in questa vicenda.
«Il problema è che quei soldi sono i nostri risparmi, i sacrifici di tutta una vita e io non sono d'accordo che finiscano nelle mani di quel giovane. È giusto che lo riconosca, che se ne assuma la responsabilità, ma il nostro conto non si tocca!» precisò con un'incredibile grinta.
«Vuole altro tè?» le chiese Ruggieri che si era appena alzato per riempire la sua tazza.
«Sì, grazie.» rispose lei con sollievo.

La stanza era davvero ben riscaldata e gli ultimi deboli raggi di sole della giornata che dalla finestra raggiungevano le gambe di Silvia contribuivano a creare un'atmosfera rassicurante che rasentava quella familiare. A quel punto, mentre Carlos versava altro tè nelle tazze, la donna si sentì tra amici o per lo meno considerava già un successo che non l'avessero trattata come una povera pazza.

«Ed è da allora che Leonardo è cambiato. Ha un atteggiamento che mi spaventa. Non è più in sé.» continuò, iniziando gesticolare, cosa che prima, irrigidita dalla vergogna, non era riuscita a fare.

«Adesso suo marito sarà confuso, nervoso e anche arrabbiato con se stesso per non aver saputo gestire questa situazione.» intervenne Carlos con voce gentile.

Non era la prima volta in cui aveva a che fare con una moglie spaventata dal cambiamento del proprio marito. La mente umana, per proteggere il benessere dell'individuo, elabora spesso realtà alquanto fantasiose come il rifiuto di una verità dolorosa oppure inventa pericoli laddove non c'è null'altro che una grossa delusione.

«Oh no! Non deve pensare che io fraintenda e che non capisca il suo stato d'animo. Sono gli incidenti a spaventarmi.» rivelò in un sussurro, quasi temesse che altri potessero sentirla.

L'investigatore smise di bere e il suo sguardo divenne più freddo.

«Quali incidenti?»

«I freni del mio furgone danneggiati. Il meccanico ha parlato di usura, ma come posso esserne sicura? E perché ogni volta che mangio con mio marito sto sempre male, mentre se mangio da sola sto benissimo? Secondo il medico è gastrite, ma non ne

ho mai sofferto! L'altro giorno è addirittura caduto il lampadario della cucina, proprio mentre preparavo la cena. Possono essere tutte coincidenze? Dopo una vita in cui non mi è mai accaduto nulla, ora in pochi giorni, proprio dopo essermi opposta alle richieste di Leonardo, sto recuperando anni di fortuna sfacciata?»
Ruggieri si accarezzò la folta barba nera e ricciuta. Poi, appoggiandosi con gli avambracci sulla scrivania, le si avvicinò e dichiarò:
«Io le credo.»
Silvia espirò con evidente liberazione.
«Grazie!» gli disse con sollievo, giungendo e stringendo le mani, «C'è un'ultima cosa che credo lei debba sapere. Sono convinta che mio marito ora abbia pure un'amante!»
«Cosa l'ha spinta a pensarlo?»
«Gli orari insoliti in cui esce e rincasa. Non vuole mai darmi spiegazioni e, visto che l'ha già fatto in passato, non vedo perché ora dovrebbe restarmi fedele.»
Poiché l'investigatore aveva una serie di impegni a cui non poteva sottrarsi, diede appuntamento a Silvia per il giorno dopo.
«Abbiamo bisogno di tempo per capire come muoverci. Mi raccomando fino a domani lei dovrà comportarsi come sempre, non faccia nulla di avventato.» le suggerì, accompagnandola alla porta.
Silvia annuì come un soldatino e uscì da quel palazzo completamente diversa da come vi era entrata. L'investigatore le aveva creduto e lei non poteva essere più felice.

CAPITOLO III

La lancetta dei minuti con la sua intrinseca calma imperturbabile continuava a ticchettare. Prima dieci minuti di ritardo, un numero giustificabile. Poi venti minuti e un paio di telefonate perse. Infine un'ora, segno chiarissimo che Silvia Giannini non si sarebbe presentata all'appuntamento con l'investigatore.
«Cosa possiamo fare?» domandò Sabrina preoccupata tanto quanto lo era Ruggieri.
«Annulla tutti gli appuntamenti di oggi e andiamo a parlare con il marito. Non abbiamo altra scelta.»
Leonardo Marino, un ometto magro e basso, aprì la porta quel tanto che bastava per sporgere il viso e parte del busto. Aveva la camicia stropicciata, i capelli scarmigliati e gli occhi di uno che si è appena svegliato.
«Non ho bisogno di nulla, se volete vendere qualcosa suonate alla mia vicina, quell'anziana pur di avere un po' di compagnia, acquisterebbe di tutto. Sarà già dietro la porta...» li liquidò, sbadigliando ogni due parole.
«Non vogliamo venderle nulla.» replicò Carlos, bloccando la porta prima che l'altro potesse chiuderla, «Stiamo cercando sua moglie.»
«Silvia? La mia Silvia?» il tono era mutato, quasi incattivito, e gli occhi adesso erano ben aperti e attenti.
«Esatto, proprio lei.»
Allora Leonardo li scrutò come se li avesse riconosciuti all'improvviso.
«Chi siete?» domandò, indietreggiando e

appoggiando il palmo della mano sinistra sulla porta per poterla presto sbattere in faccia a quei due ficcanaso.
«È una situazione delicata, se potessimo entrare...»
Ma la voce autoritaria dell'uomo lo interruppe.
«Chi siete?» domandò di nuovo scandendo bene le parole.
«Prima almeno mi dica se sua moglie sta bene.»
Leonardo serrò la mandibola e li fulminò con lo sguardo.
«Non vedo perché dovrei dirlo a due estranei.»
Poi si accorse che quei due scocciatori avevano notato alcuni graffi sul suo collo e che cercavano di spiare dentro l'appartamento, quindi gridò:
«Arrivederci!» e chiuse con violenza la porta.
«Non collaborerà mai.» borbottò Carlos «Andiamo da Valini.»
Sapevano entrambi che non c'erano i presupposti per una denuncia di scomparsa ma speravano che il brigadiere potesse aiutarli in qualche modo.

***

Le informazioni del brigadiere Valini arrivarono direttamente quel pomeriggio con una telefonata inaspettata. Carlos Ruggieri era appena riemerso da una realtà fantasiosa, abitata da dinosauri, in cui si era calato con le gemelline e si stava riprendendo da una buona dose di risate, quando il telefono squillò.
«E come sta?» domandò di getto.
Rosina, temendo come sempre una disgrazia visto il mestiere del marito, si agitò e si sporse dalla cucina per osservare i suoi movimenti.
«Per fortuna!» sospirò lui e contemporaneamente anche la moglie che, rincuorata, tornò a sbrigare le

sue faccende.
Carlos posò il cellulare, avvisò Rosina, prese la giacca e uscì. Dopo nemmeno venti minuti, accompagnato da Sabrina, si trovava nella Caserma dei Carabinieri. Erano da poco scoccate le sei, ma pareva già notte fonda e la Caserma non era certo ben riscaldata come il suo studio. Tra un brivido e l'altro si strinse di più nella giacca che aveva tenuto addosso.
Silvia Giannini era stata trovata da un cacciatore verso le cinque del pomeriggio in una zona boschiva poco distante da Savona. La donna giaceva a terra svenuta e aveva una ferita alla testa.
«Non ha subito gravi danni.» li informò il Capitano Corso «Questa notte resterà in ospedale per essere monitorata e domani, se l'esito degli esami sarà positivo, andrà a stare da una sua cugina, la sua unica parente.»
«E il marito?» domandò l'investigatore.
«Scomparso nel nulla. Abbiamo interrogato la vicina di casa ed è stata una fonte preziosa di informazioni. Ha sentito i due coniugi litigare ieri sera, sono volate parole grosse in quell'appartamento. E oggi, verso le tre, ha anche visto Leonardo Marino uscire con una valigia molto ingombrante e apparentemente pesante. Secondo l'anziana signora, ha fatto un gran baccano per portarla giù e da questo abbiamo dedotto che si è organizzato una fuga con i fiocchi!»
«E Silvia ha saputo dirvi cos'è accaduto?»
«Purtroppo ha ricordi ancora confusi, i medici hanno detto che è normale nelle sue condizioni. Sa di aver subito un'aggressione e rammenta che l'autore fosse un uomo, ma non è certa che si trattasse del marito.»
«Crediamo» aggiunse Valini «che la vostra visita abbia messo in allerta Leonardo e che l'abbia spinto a

fuggire rapidamente.»
«A proposito di questa mattina, ho notato che aveva dei graffi alquanto profondi sul collo. Sotto le unghie della donna avete trovato le tracce di una colluttazione?»
«Sì e il DNA corrisponde a quello di un uomo.» rispose il Capitano «I nostri tecnici hanno appena prelevato dei campioni nella casa dei coniugi per poterli confrontare e vedere se coincidono con quelli in nostro possesso.»
Subito dopo quella chiacchierata, Carlos volle recarsi nell'appartamento della coppia. La scientifica era al lavoro e uno dei tecnici pareva aver individuato l'arma del delitto. Il Luminol aveva fatto emergere delle tracce di sangue su una grossa coppa vinta a qualche gara amatoriale di sci e la forma poteva adattarsi bene alla ferita sulla testa di Silvia. Mancavano molti indumenti di Leonardo dall'armadio e per il resto l'ambiente non aveva nulla di rilevante. La scientifica stava lavorando anche nel garage della coppia, sito nel cortile condominiale, dove vi era l'automobile di Leonardo.
Prima di rincasare, Carlos e Sabrina vollero anche fare visita a Silvia in ospedale. La trovarono supina, con una coperta marrone alzata fino al collo e il braccio destro lasciato fuori dal lenzuolo per non ostacolare i tubicini delle flebo. Il volto stanco, leggermente illuminato da una luce di cortesia, si rasserenò alla loro vista.
«Che bello vedere un volto amico!» li accolse con un sorriso appena accennato.
«Come si sente?»
«Meglio. Mi hanno dato un calmante e credo anche parecchi antidolorifici. Mi sento leggera come una nuvola.»

«Non ricorda nulla, vero?» tentò l'investigatore, con voce gentile.
«Poco. Rammento di essere venuta da lei e il resto è tutto confuso. Ho litigato con qualcuno. Ma con chi e per quale motivo? So di aver ricevuto un colpo alla testa e mi sembra che il mio aggressore fosse un uomo, però non saprei dire quando o dove è accaduto. Anche perché ho la sensazione che non fosse una persona sola. Forse c'era qualcuno nascosto?» e, mentre vaneggiava, tastava con la punta delle dita la benda sul retro della testa con cui i sanitari avevano medicato la ferita.
Infine chiese: «Avete notizie di Leonardo?»
«Purtroppo no.»
Silvia rimase in silenzio mentre la delusione si impossessava del suo volto.
«Speriamo bene...» sussurrò in un grande sbadiglio.

CAPITOLO IV

I Carabinieri avevano già interrogato Federico Rossi, il figlio mai riconosciuto da Leonardo, ma Carlos, che come sempre voleva seguire il proprio metodo, aveva preso un appuntamento con il ragazzo. Si era presentato puntuale e, quando aveva varcato la soglia, Sabrina prese un abbaglio e lo scambiò per il padre. Se non fosse stato per il fisico più atletico, la pelle più soda e i capelli ancora castani, quei due avrebbero potuto essere tranquillamente gemelli.

«Mi aiuterà a ritrovare mio padre, non è vero?» si accertò ancora prima di sedersi.

«Stiamo facendo il possibile.» lo rassicurò Carlos.

«Bene! E mi aiuterà anche a dimostrare la sua innocenza?»

Ruggieri non era preparato a quella richiesta.

«Solo nel caso in cui lo sia per davvero.»

Allora il giovane sbatté i pugni sulle gambe.

«Ma come? Mio padre è un uomo onesto, non può aver commesso un gesto simile! Questa è l'azione di un folle!»

«Mi stupisce davvero il suo attaccamento nei confronti di un uomo che per vent'anni è rimasto nell'ombra.» ribatté l'investigatore.

«Lo so, all'inizio anch'io ero infuriato, ma poi... pensandoci bene, non mi resta nessun altro! Ho perso mia madre da poco e lui mi ha teso la mano nel momento del bisogno. È anche disposto ad aiutarmi economicamente.» e gli brillarono gli occhi.

"Ecco di nuovo la parolina magica" pensò Sabrina.

«L'unico ostacolo al nostro rapporto era quella

donna!» concluse Federico, colmo d'ira.
«Era? Le ricordo che è viva!» puntualizzò Carlos.
«Purtroppo...» mormorò lui, avendo cura di non farsi sentire. Poi, alzando la voce, proseguì: «Allora come posso esserle utile?»
«Mi racconti del suo rapporto con Leonardo.»
Il giovane non si aspettava quella domanda, in Caserma si erano concentrati su altre informazioni e lui si era già preparato a ripeterle meccanicamente, certo che anche questo investigatore privato nutrisse le stesse curiosità.
«C'è poco da dire. In un primo momento l'ho rifiutato, ma lui si è dimostrato testardo e ha insistito affinché gli dessi una possibilità. Abbiamo cercato di vederci il più possibile, c'è tanto da recuperare.»
«E che lei sappia la moglie di suo padre era al corrente dei vostri incontri?»
Per tutta risposta al ragazzo sfuggì una risatina.
«Oh no! Non aveva digerito la situazione. Secondo mio padre aveva solo bisogno di tempo per metabolizzarla.» riferì con scetticismo.
E quest'informazione era compatibile con le uscite ingiustificate di Leonardo e gli strani orari che avevano spinto Silvia a credere che ci fosse un'altra donna.
«Ma secondo lei, no. Mi sbaglio?»
«Esatto!» affermò deciso «L'ho incontrata un'unica volta, quella Silvia, e non mi è piaciuta. Capisco subito chi ho di fronte. Lei sosteneva di voler lasciare a me e a mio padre il nostro spazio. Pure sciocchezze!» la voce si fece sprezzante «Quella signora non mi voleva tra i piedi, perché era gelosa, e in più non desiderava che mio padre sganciasse un centesimo. Soldi che merito dopo tutto quello che ho passato!»

Un bagliore, quello dell'avidità, era di nuovo comparso nello sguardo del giovane.
«Quindi le è capitato di parlare di Silvia con suo padre?»
«Certo e ho fatto di tutto per aprirgli gli occhi e fargli capire chi aveva sposato!»
Il colloquio durò ancora per poco. Federico non aveva idea di dove potesse essere il padre, erano soliti incontrarsi sulla spiaggia o in un bar e non sapeva null'altro e, comunque, anche se fosse stato a conoscenza di dettagli utili non li avrebbe riferiti a un uomo che non credeva nella sua innocenza.
Quando lasciò l'ufficio, il ragazzo rimase fermo nell'atrio del palazzo per qualche minuto. Si appoggiò con la schiena in angolo, nascosto nel buio. Tutto era permeato da un profondo silenzio e solo il profumino di una pentola piena stufato gli ricordava che dietro quelle porte c'erano delle persone. Rovistò nello zainetto fino a quando trovò il suo secondo cellullare. Lo accese, fissò lo schermo per un attimo poi digitò un messaggio. Era rischioso, ma non poteva lasciarlo solo.
"Papà, sono disposto a fare di tutto per aiutarti. Lo sai, ne abbiamo già parlato."
Premette il tasto invio e sgusciò via nel freddo della città, avvolto dalla nebbia.

***

Carlos era comodamente seduto nel suo angolo preferito dello studio, con l'immancabile tazza di tè caldo in mano. Ammirava il cielo grigio e le acque scure del mare. Sabrina era alle prese con gli appunti del caso Giannini e si stava scervellando su dove potesse essersi nascosto il marito. Lo immaginava

lontano dall'Italia, magari in qualche spiaggetta esotica a godersi dei colorati drink.
"Però, se ha fatto tutto questo per il figlio, non può essere andato tanto lontano." rimuginò.
Un paio di colpi alla porta fecero alzare a entrambi la testa nella direzione dell'ingresso. Non aspettavano nessuno.
«Avanti.» disse Ruggieri.
Con passo sensuale entrò una donna con una folta chioma rossa. Indossava un abito aderente che esaltava il vitino stretto e i fianchi larghi. E ai piedi aveva un paio di decolté nere.
«Posso entrare?»
«Certo.» disse Ruggieri, mentre si spostava alla sua scrivania, «Come posso aiutarla?»
Lei camminò sicura e i tacchi produssero un suono deciso sul parquet.
«Oh! Forse sono io a poterla aiutare.» iniziò, sedendosi di fronte a lui e togliendosi con calma i guanti bianchi.
«So che si sta occupando delle ricerche di Leonardo Marino e ho delle informazioni.»
«Lo conosce?» le chiese Ruggieri, rammentando i sospetti della moglie sull'esistenza di un'amante.
«Questa è la ragione per cui sono venuta da lei e non mi sono presentata ai Carabinieri. Siamo amici molto intimi e vorrei che questo fatto restasse fra noi.»
Aveva il volto coperto da un abbondante quantità di trucco. Rossetto rosso, immancabile in una figura come la sua, eyeliner marcato su tutta la palpebra che le donava un taglio allungato e un bel po' di fard per colorarle le guance.
«Vada avanti.» la esortò Carlos.
«Mi chiamo Rossella, frequento Leonardo da qualche mese ed è l'uomo più buono che io abbia mai

conosciuto.»
Si stava dilungando troppo e sentiva l'esigenza di arrivare al nocciolo della questione.
«Mi ascolti!» pretese, forse più per dare sicurezza a se stessa, «Io so cos'è successo lunedì sera e questo cambia tutto.» spiegò con voce nitida «Leonardo mi ha chiamata in lacrime. Aveva discusso un'altra volta con Silvia e il motivo era sempre lo stesso: il figlio. Gli ha perfino detto di essersi rivolta a un investigatore privato per incastrarlo ed è così che ho saputo di voi. Lei era fuori di sé ed è uscita per andare a parlare con Federico. Il mio Leo, poverino, non sapeva cosa fare.» parlava di quell'uomo con il tono che si adopera per un ragazzino indifeso «È venuto a trovarmi per cercare un po' di conforto e, quando è rincasato, mi ha scritto che Silvia non era ancora tornata.» fece una pausa studiata «Capite cos'è realmente successo?» si mordicchiò nervosamente il labbro «Che il mio Leo mi perdoni per quello che sto per dire!» alzò gli occhi verso il soffitto e trattenne il fiato «Silvia dev'essere stata aggredita da Federico e questo lui lo sa! È scappato per allontanare i sospetti dal ragazzo, farebbe di tutto pur di tutelarlo, ma non può essere punito un innocente.»
Sabrina ripensò all'incredibile somiglianza tra padre e figlio, alla confusione di Silvia e a come Leonardo li aveva accolti quella mattina. Si vedeva che non aveva chiuso occhio e aveva avuto l'impressione che lui già sapesse chi erano e per quale ragione stavano cercando sua moglie.
«E lei ha idea di dove potrebbe essere?»
«No!» rispose con rammarico «Magari fosse venuto da me, al sicuro. Invece chissà dove si è cacciato!»
Quando Rossella si allontanò, Carlos contattò immediatamente Federico. Non c'era tempo da

perdere.
«Mi ascolti bene.» gli disse in tono intimidatorio «Lei poco fa mi ha detto di aver visto la moglie di suo padre un'unica volta, è vero?»
«Certo.» confermò il ragazzo, seccato.
«Perché si ostina a mentirmi? Lunedì sera non vi siete incontrati?» andrò dritto al punto.
Dall'altro capo del filo giunse un lamento.
«Ho un testimone che può dichiararlo.»
«Ok.» ammise, messo alle strette, «È venuta da me e ha fatto una piazzata. Dovevo aspettarmelo che qualcuno l'avesse sentita!»
«Cosa le ha detto? È molto importante.»
«Lo può immaginare anche da solo: che dovevo sparire, che dovevo lasciare stare lei e il marito e che aveva capito benissimo che il mio unico obiettivo erano i soldi.» la voce sfiorò l'ironia «Io ero quello interessato al denaro... certo, proprio io...»
«E lei come ha reagito?»
«Mi sono difeso, cosa potevo fare? Le ho intimato di andarsene e così è stato.» si schiarì la voce «Ha capito? Se n'è andata con le sue gambe!» ringhiò a denti stretti.

CAPITOLO V

Il salotto di Dora pareva a Rosina ogni volta più accogliente. Sul tavolino non poteva mai mancare un cesto pieno di dolci che l'anziana porgeva sempre con premura ai suoi ospiti. Questa volta aveva preparato delle fette di pane croccante ricoperte da un generoso strato di crema di nocciole e cioccolato.

Dopo aver divorato una di quelle delizie, Rosina era sprofondata in uno dei morbidi divanetti e aveva iniziato a osservare il minuzioso lavoro dell'anziana con la macchina da cucire. Pigiava con delicatezza il pedale a terra e accompagnava con entrambe le mani la stoffa che correva veloce, illuminata da una piccola lampadina, sotto l'ago in azione.

«Dici che finalmente convinceremo Sabrina a indossare qualcosa di più femminile?» le domandò Dora senza distogliere lo sguardo dalla cucitura.

Le due donne avevano più volte unito le forze nel tentativo di convincere Sabrina a truccarsi, giusto un poco, mai nulla di eccessivo, o a indossare qualcosa di diverso dai soliti jeans. Ma non c'era stato nulla da fare: per la ragazza la comodità veniva prima di tutto.

«Spero di sì. In fondo come potrebbe resistere di fronte a un abito così bello?»

Dora si limitò ad annuire, doveva spostare la stoffa per continuare a cucire la parte laterale ed era concentrata al massimo per ottenere un angolo preciso, privo di difetti. Allora Rosina per passare il tempo e non distrarla afferrò il giornale che era appoggiato sul bracciolo del divano. Non era sua abitudine sfogliare "Il Savonese" poiché trattava

anche casi di cronaca nera e lei, che odiava i crimini e reputava una sfortuna già abbastanza grossa quella di essersi innamorata di un investigatore privato, faceva di tutto pur di evitare quelle brutte notizie. Sapeva però che nella parte finale del giornale vi era una sezione dedicata allo spettacolo e all'arte quindi, visto che non aveva alternative, lo allargò sulle sue gambe e iniziò a sfogliarlo rapidamente. Non era facile essere veloci con i paginoni del quotidiano e così il suo occhio automaticamente e fuori dal suo controllo ogni tanto captava parole che le facevano venire i brividi o coglieva immagini che avrebbe preferito evitare. Fino a quando...
«Ma è lei!» mormorò sbigottita, restando paralizzata proprio nell'ultima pagina prima della sezione dello spettacolo, a un passo dalla salvezza.
«Come cara?»
Dora aveva appena tagliato il filo dell'ultima cucitura e stava rigirando l'abito per ammirarlo dal diritto, ma quell'affermazione la fece voltare ancora con gli occhiali appoggiati sulla punta del naso. Ci mise qualche secondo a capire cosa stava fissando la sua amica. Non poteva credere ai suoi occhi. Inforcò per bene gli occhiali, mise a fuoco una seconda volta le immagini di fronte a lei e si chinò per accertarsi di non aver preso un abbaglio.
«Cosa stai guardando?» le domandò, incredula.
«Ecco, so chi è questa donna e sapevo che le sarebbe accaduto qualcosa.» si confidò Rosina e alzò su di lei uno sguardo sconsolato.
Poi, le raccontò tutto, pregandola di non dire nulla al marito.
«Non voglio essere immischiata in alcun modo in questo caso.» concluse, appoggiando il giornale sulle gambe, «Facciamo così: se la vicenda dovesse

concludersi bene, sarai tu a informarmi. Altrimenti, non ne parleremo mai più!»
Dora annuì e riportò subito la conversazione sull'abito.
«È ancora più bello di prima!» si complimentò Rosina «Questa domenica glielo consegneremo insieme.»

***

La miccia ormai era stata accesa. Dora, rimasta sola con i suoi pensieri, fremeva impaziente nell'attesa dell'arrivo della nipote. Sapeva che si stava occupando del caso e non desidera altro che essere aggiornata. Aveva già letto una decina di volte le poche righe che il giornalista aveva dedicato alla signora delle stoffe, come la chiamava Rosina, ma volle darci ancora un'occhiata nel caso le fosse sfuggito qualcosa di importante.
'Silvia Giannini, la donna rinvenuta da un cacciatore lunedì sera priva di sensi in un'area boschiva poco distante da Savona, è stata nuovamente aggredita e la fortuna l'ha assistita ancora una volta. Mercoledì sera la cugina, che in questo momento la sta ospitando e assistendo presso il proprio appartamento, per una casualità è rimasta in casa e ha colto in flagrante l'aggressore. Gli inquirenti non hanno ancora voluto rilasciare dichiarazioni più precise, come il nome dell'aggressore e le probabili motivazioni che l'hanno spinto a un simile gesto, ma sembrerebbe che l'accaduto scagioni il marito, Leonardo Marino, dal precedente tentativo di omicidio. Dell'uomo, tuttavia, non si sono ancora rinvenute le tracce e resta un mistero la sua scomparsa.'
Poi il giornalista, non avendo molto materiale a

disposizione, si dilungava in un'approfondita digressione sulla violenza maschile ed evidenziava come ogni anno il numero di donne vittime di abusi dai propri compagni aumentasse.

"Restano sempre sul generico…" pensò Dora con dispiacere "Troppe informazioni potrebbero compromettere le indagini, però…" e si mordicchiò il labbro.

Come in tutte le giornate invernali, il sole tramontava sempre prima. Dora, concentrata al massimo sull'articolo, sulle parole di Rosina e sui suoi ragionamenti, non si era accorta che la lunga striscia dorata che illuminava il pavimento in graniglia stava diventando sempre più sottile fino a scomparire. Ed è così che la nipote la trovò quella sera: seduta sul divano, completamente al buio, a sgranare la sua collana di perle.

«Tutto bene?» le chiese, accendendo la luce.

Dora strizzò gli occhi e balzò sulla nipote.

«Mi devi raccontare tutto!» gridò, mentre indicava la fotografia di Silvia Giannini pubblicata sul giornale.

«Non lo faccio già?»

«Certo, ma oggi mi sento più curiosa del solito.» e la liquidò con un bel sorriso.

Nonna e nipote, con il piatto pieno di passato di verdura, arricchito dall'immancabile pesto alla genovese preparato in casa dall'anziana, iniziarono a dedicarsi al caso della signora delle stoffe.

«Dunque,» disse Sabrina, soffiando sul cucchiaio fumante, «ieri sera, Silvia ha sentito bussare ed è andata ad aprire la porta.» buttò giù un po' di minestra e continuò «Per fortuna la cugina era in cucina e, quando l'ha sentita gridare, è corsa in suo aiuto. Ha avuto anche il tempo di vedere Federico scappare via.»

«È stato Federico?» domandò Dora incredula «Quel ragazzo sarà pure un tipo nervoso, ma questo mi sembra un po' troppo anche per uno come lui!»

«Sì, anche a me!» concordò la nipote «Però abbiamo trovato sul suo secondo cellulare numerosi messaggi rivolti padre. Dapprima gli ha chiesto come lo potesse aiutare e poi ha iniziato a dargli una serie di appuntamenti, uno dietro all'altro, come se avesse saputo che un giorno li avremmo letti e avesse voluto confonderci con tutti quei luoghi e quegli orari. Certo, Leonardo non ha mai risposto.»

«Ma questo non vuol dire nulla.» intervenne Dora «Potevano essersi messi d'accordo!»

«Esatto! Federico, com'era prevedibile, sostiene di non averlo mai incontrato e di avergli dato tutti quegli appuntamenti sperando che almeno a uno si presentasse. Ovviamente i Carabinieri non sono della stessa opinione e ora stanno cercando di capire chi è l'artefice del primo crimine. Federico si è macchiato di entrambe le colpe o questa seconda volta ha agito per disperazione? Chi difende chi?»

«E Carlos cosa ne pensa?»

«Lo sai com'è fatto. Non si confida molto.» girò un paio di volte il cucchiaio nel piatto con aria pensierosa «Ciò che mi ha lasciata perplessa è stato vederlo molto interessato alla cugina. Mentre i Carabinieri torchiavano Federico, lui ha preferito fermarsi a chiacchierare con lei.»

«Credi che nutra dei sospetti nei suoi confronti?»

«Mi è parso. Ha voluto sapere i suoi spostamenti, i suoi rapporti con Leonardo e così via.»

Dora fece la scarpetta con un pezzetto di pane integrale per ripulire il piatto.

«E questa cugina che tipo è?»

Sabrina ripensò a Grazia. Ricordava vagamente

Silvia, ma in una versione più allegra. Anche lei era magra come un chiodo, ma vestiva con abiti colorati e pieni di stampe sgargianti che le donavano una bella luce. Li aveva accolti con gentilezza, ma aveva l'aria di chi non gradisce certa gente in casa, che fa troppe domande e non resta al proprio posto.
«È una signora distinta e ci ha trattati con educazione. Però, ha risposto dicendo il minimo indispensabile. Ci ha informati di essere rientrata al lavoro proprio questo mercoledì, dopo una settimana di ferie, e di aver ottenuto un orario ridotto per i primi giorni in modo da poter assistere la cugina. Se così non fosse stato, l'aggressione di Federico avrebbe potuto avere un risvolto decisamente più tragico.»
«Quindi non ha un alibi per la prima aggressione di Silvia?»
Sabrina scosse la testa dubbiosa.
«No, ma che motivo poteva avere?»
«Già... e cos'altro vi ha detto?» domandò Dora, aggrottando appena le sopracciglia.
«Quando ci ha accompagnati alla porta, ha abbassato la voce e ci ha sussurrato di allontanare i nostri sospetti da Leonardo. L'unico responsabile, a suo dire, è il figlio.»
«Strana cosa...» mormorò la nonna.
«Sono rimasta spiazzata pure io. Allora Carlos le ha chiesto se lo conosceva bene per poter fare un'asserzione simile. E lei si è ritratta, ha borbottato qualcosa di incomprensibile e ha divagato raccontando di averlo visto nelle solite occasioni di famiglia e che le era sembrato un brav'uomo.»
«Ha reagito come una donna innamorata.» disse Dora, lasciandosi andare sullo schienale della sedia.
«Ma sarà anche stata contraccambiata?»
Il quesito di Sabrina diede il via a una lunga serie di

ipotesi che spinse le due donne a dubitare sempre più di questa strana cugina.

CAPITOLO VI

Fu Grazia, di sua volontà, a chiamare Carlos per poter avere con lui un colloquio.
«Sa... non ho dormito tutta la notte...» ansimò, mentre le mani torcevano il manico della borsa, «non sono stata sincera e ho paura che la verità venga fuori.» parlò come se il suo interlocutore fosse già a conoscenza della vicenda.
«Questo lo so bene.» rincarò Carlos per farla sentire sotto pressione e far sì che continuasse a parlare.
Grazia mosse il capo un paio di volte come segno di rimprovero verso se stessa.
«Avrei dovuto dirlo subito, ma posso rimediare adesso!» si autoconvinse «Leonardo mi ha aiutata economicamente in un momento difficile, qualche mese fa. È per questa ragione che posso dichiarare senza ombra di dubbio che è un brav'uomo.»
«Non vedo nulla di male in questa storia, nessun motivo per tenerla nascosta.»
L'interruzione dell'investigatore spinse Grazia a spiegarsi meglio.
«Certo, se non fosse che l'ha fatto senza informare mia cugina. Lei non sarebbe mai stata d'accordo a darmi tanti soldi.»
«Perché? Ci sono tra voi delle questioni irrisolte?»
«Assolutamente no! Però Silvia è sempre stata molto attenta al proprio denaro e non fa nulla a meno che non abbia un ritorno maggiore. Non mi avrebbe mai aiutata e questo lo sapevamo sia io che Leonardo.»
«Si è rivolta a lui perché tra voi c'è un'amicizia?» indugiò sul termine amicizia, conferendogli una

sfumatura più intima.
Grazia avvampò per l'imbarazzo.
«No, per chi mi ha presa?» iniziò a farfugliare «Ero disperata e non sapevo a chi rivolgermi. Prima di andare da Leonardo le ho provato tutte, mi deve credere.» li fissò con occhi sgranati «Vi ho detto la verità, ora è meglio che me ne vada.»
E, dopo averli salutati in modo sbrigativo, si dileguò in preda all'affanno.
Intanto Ruggieri, calmo e silenzioso come sempre, si avvicinò al bollitore.
«Sai Sabrina che a noi due è sfuggito un particolare quasi incredibile?»
«Che intendi?»
Carlos non rispose e rimase a contemplare il mare che iniziava a essere bucherellato da una fitta pioggia.

***

«È tutto pronto, proprio come hai chiesto tu.» lo informò Valini prima che entrasse nell'ufficio del Capitano Corso.
Silvia e Grazia erano sedute alla sinistra della scrivania del Capitano. Federico alla sua destra e accanto a lui vi era una sedia vuota. Si erano lanciati qualche occhiata furtiva e, quando videro l'investigatore, puntarono i loro occhi sulla sua alta e massiccia figura con sollievo. L'attesa era terminata.
«Questo caso» iniziò lui, posizionandosi come di consueto di fronte ai suoi interlocutori, «è stato alimentato dall'avidità.»
Quella parola vibrò nell'aria e assalì ognuno di loro.
«La morte della signora Silvia Giannini avrebbe giovato a tutti.»
Ruggieri parlava lentamente e decise di approfondire

la questione iniziando dal primo volto che incrociò.
«Lei, Grazia, si è appena rialzata da un brutto periodo economico e le avrebbe fatto comodo una bella fetta di eredità.»
Il viso della donna si colorò subito di un rosso scuro.
«Ma... io...» la bocca secca e l'agitazione le permisero di balbettare qualche parolina insignificante.
Cercò anche con lo sguardo l'aiuto della cugina, sperando che potesse intervenire per smentire quelle terribili ipotesi. L'aveva accolta in casa e si era presa cura di lei con amore, voleva pur dire qualcosa! Ma Silvia rimase immobile mentre a sua volta osservava con occhi nuovi Grazia.
Ruggieri, intanto, stava proseguendo con il filo dei suoi ragionamenti.
«Lei, Federico, ha ammesso che l'unico ostacolo tra lei e suo padre era Silvia.»
«È vero!» asserì il ragazzo spavaldo «E sono pronto ad ammetterlo anche qui davanti a tutti!»
Carlos chinò il capo e si lasciò sfuggire un sorriso.
«E c'è una terza persona che avrebbe ottenuto molto dalla morte di Silvia.» proseguì, alzando l'indice della mano destra, «La casa, l'uomo che amava, il denaro, insomma la vita che desiderava. Mi sto riferendo all'amante di Leonardo, Rossella.»
L'investigatore si spostò dal centro della stanza e indicò con entrambe le mani la porta alle sue spalle in modo che Silvia, Grazia e Federico avessero la visuale migliore. Lui, però, non si voltò e rimase a osservare le loro facce che venivano assalite dallo stupore e dalla curiosità.
La bellissima rossa varcò la soglia e si accomodò accanto a Federico, nell'ultima sedia vuota.
«I suoi sospetti, Silvia, erano fondati.» le disse

Ruggieri.
Cadde un silenzio di piombo. L'attenzione di tutti era stata catalizzata da quella donna tanto misteriosa quanto affascinante.
«Non avete nulla da dire?» chiese Carlos con noncuranza.
Restarono zitti.
«Invece Rossella ha molto da dire. Ha trascorso le ultime ore con Leonardo, prima della sua fuga. È stata lei a rivelarmi informazioni preziose senza le quali non sarei riuscito a risalire alla verità.»
Silvia alzò lo sguardo su di lui, attonita.
«È stata lei?» chiese con un filo di voce.
Allora Carlos diede un piccolo segnale a Rossella. La donna si portò lentamente la mano sulla testa e fece cadere la parrucca a terra, rivelando il suo vero volto.
«La sua assistente? Non capisco?» fece Grazia.
«Rossella non esiste e uno di voi tre lo sa bene. Si tratta di un travestimento per portarci fuori strada, per confonderci le idee.»
Li lasciò qualche istante a riflettere.
«È stata una sua idea, Grazia, per creare un alibi a Leonardo?» iniziò Ruggieri.
«No, non l'avrei mai fatto!» protestò la donna, trovando finalmente un po' di fiato.
«Lo so, lei gli voleva davvero bene e non l'avrebbe mai fatto passare per un uomo tanto meschino.»
Grazia tornò composta sulla sedia, ma non osò più voltarsi per paura di incrociare lo sguardo della cugina.
«Forse lei, Federico? Era alla disperata ricerca di un modo per allontanare i sospetti da suo padre!»
Il giovane fece per protestare, ma il tono deciso di Carlos ebbe la meglio e prevalse.
«In fondo per proteggere suo padre e vendicarlo ha

addirittura aggredito la moglie. Cos'è un travestimento in confronto a un atto di violenza?»
«Che assurdità!» sbottò il giovane. Aveva sollevato il mento e l'espressione era determinata a dimostrarsi innocente.
«Allora non resta che lei, Silvia.»
«Io?» la voce incredula «Ma se sono la vittima!» e ancora si toccò la testa per rammentargli quello che aveva subito.
«Sa dove ho trovato questo costume?»
«No, non ne ho idea.»
«Bene, le rinfresco io la memoria. Sul furgone che lei usa per andare al mercato. E sa cos'altro ho trovato?»
Silvia si chiuse nel mutismo più assoluto.
«Un travestimento perfetto per interpretare suo marito.»
«Mi faccia capire di cosa sta parlando!» si intromise Federico adirato.
Allora l'investigatore si riposizionò al centro e si schiarì la gola.
«Silvia ha fatto tutto questo per proteggere il suo denaro.»
A quelle parole il giovane le si scagliò contro con una tale veemenza che Valini riuscì a intervenire appena in tempo.
«Si calmi!» ordinò il Capitano Corso che nel frattempo si era alzato in piedi.
«D'accordo... d'accordo...» promise il giovane, sistemandosi la maglietta stropicciata e tornando al suo posto.
«Come stavo dicendo,» riprese Ruggieri «Silvia ha organizzato questa messinscena per illuderci che il marito si fosse allontanato di propria iniziativa. È venuta nel mio studio e mi ha convinta ad aiutarla, spacciandosi per una moglie in pericolo, inventando

una serie di finti incidenti. Quello stesso giorno è tornata a casa e ha inscenato un bel litigio con il marito, sapendo che la vicina li avrebbe sentiti. Si è poi diretta da Federico per mettere in atto una seconda sceneggiata. Ed è tornata a casa solo il giorno successivo, nel pomeriggio, per completare il suo lavoro. Ha eliminato Leonardo, si è ferita alla testa con la coppa e l'ha prontamente pulita. Poi, si è travestita da uomo, cercando di assomigliare al marito, in modo che la vicina potesse scambiarla per lui ed è uscita con una valigia molto pesante, facendo più baccano possibile, voleva essere notata! A questo punto, ha scelto un luogo boschivo bazzicato dai cacciatori e ha atteso che qualcuno la trovasse, fingendosi svenuta.» fece una pausa per riprendere fiato «Il fatto che Leonardo fosse scappato con una valigia molto ingombrante mi ha insospettito subito. Non ha nemmeno preso la propria automobile, allora perché appesantirsi in quella maniera e far di tutto per essere notati? Quando si fugge, si cerca di essere leggeri e di passare inosservati. Il secondo *fatto* a mio avviso curioso è stato che lui si sia allontanato prima del ritrovamento della moglie. Non aveva fatto tutto questo per il figlio. Era bastata la mia presenza a spaventarlo al punto tale da mandare tutto all'aria? Assolutamente no. Silvia era obbligata a travestirsi prima di essere rinvenuta, altrimenti non avrebbe avuto altre occasioni e lei era alla ricerca dell'alibi perfetto.»

«Questa mi sembra la trama di un film, non un fatto realmente accaduto.» commentò la donna, mantenendo un forte autocontrollo.

«Purtroppo la fantasia si basa molto più spesso di quello che crediamo sulla realtà. Ma torniamo a noi. Una volta dimessa dall'ospedale e accolta dalla

cugina, ha atteso il momento in cui quest'ultima era al lavoro per adottare il secondo travestimento, quello di Rossella, l'amante di suo marito che per riservatezza, in realtà l'ha fatto per non lasciare tracce, ha preferito confidarsi con me, invece che con i Carabinieri.»
Sabrina capì solo in quel momento perché Carlos aveva manifestato tutto quell'interesse riguardo agli spostamenti di Grazia. Non voleva sapere dov'era lei, ma quando l'altra fosse rimasta sola.
«Lo ammetto ha recitato in modo encomiabile. Ha indossato delle imbottiture per guadagnare delle forme molto evidenti, si è truccata in modo da assumere un altro aspetto e ha indossato una parrucca realizzata in maniera eccellente. Si è trasformata nella regista della sua storia e poteva condurla come desiderava. Era fondamentale che qualcuno ci informasse del litigio con Federico per incanalare ulteriormente i sospetti su Leonardo e forse, sotto sotto, voleva anche vendicarsi di quel giovane che era spuntato all'improvviso nella sua vita e che rischiava di rovinare tutto. Tra l'altro l'aggressione che ha poi subito dal ragazzo, che certo non può vantare un grande autocontrollo, non ha fatto altro che rafforzare la sua storia.»
Carlos restò in silenzio per qualche secondo. Gli era sfuggito un dettaglio molto ingombrante e faticava a perdonarsi quella svista. I Carabinieri avevano cercato ed esaminato il furgoncino di Silvia solo per accertarsi che non fosse stato utilizzato da Leonardo per la fuga o come luogo per rifugiarvisi. Non avevano capito l'importanza di quello che vi era al suo interno. Innumerevoli rotoli di stoffe, costumi, abiti solamente abbozzati, imbottiture e trucchi, tutto ciò che era avanzato dal precedente lavoro di Silvia ovvero il necessario per qualsiasi travestimento. Ma

Ruggieri aveva sperato di trovare anche qualcos'altro, la prova decisiva della sua teoria.
«Mi dica dove ha messo quella valigia.» le ordinò.
Un sorriso malvagio sfiorò la bocca di Silvia e lo sguardo divenne glaciale.
«Non so di cosa parla.»
«Lo sa benissimo. Quella in cui ha nascosto il cadavere di suo marito.»
Per quanto avesse promesso di mantenersi calmo, Federico fece un balzo sulla sedia e non riuscì a trattenere un'esclamazione rabbiosa:
«Parla! Maledetta!»
Rimasto dietro di lui per prudenza, Valini gli posò una mano sulla spalla per ricordargli di contenersi. Il giovane la scrollò via con un movimento brusco e tornò a sedersi.
«Nessun corpo, nessuna prova.» sibilò Silvia rivolta verso Carlos in modo che lui soltanto potesse leggere il labiale.
Dopo anni trascorsi a lavorare dietro le quinte del teatro aveva appreso bene come recitare.
«E tutto perché suo marito non desse un centesimo al figlio e lei potesse aprire una sua scuola di cucito…» rammentò Ruggieri, incredulo di fronte a quella crudeltà.

EPILOGO

«Lo troveranno mai?» domandò Sabrina a Carlos.
«Non sarà facile.» rispose lui, mentre si gustava il tè preparato da Dora.
L'investigatore e la sua assistente erano seduti da qualche minuto nel salotto dell'anziana. Rosina aveva detto loro di aver preparato, insieme a Dora, una sorpresina per la giovane.
«Ecco!» esclamò la donna, porgendole un pacchetto rosso, «Forza, aprilo!» la incoraggiò, impaziente.
La ragazza lo scartò e tirò fuori l'abitino rammendato dalla nonna.
«Che bello.» si sforzò di dire.
«Non ti piace?» le chiese, delusa.
«No, ecco e che non saprei proprio quando metterlo...» spiegò, rigirandoselo fra le mani.
Era l'ennesimo tentativo di trasformala in una bambolina, ma di fronte a quei due volti così buoni e dolci non se la sentiva di opporsi.
«A me, anzi a noi» si corresse Rosina, cingendo con un braccio Dora, «sembra perfetto per il pranzo di Natale. Dai, quest'anno lascia stare il solito maglione con Rudolf.»
«Vedremo...» mormorò Sabrina che non voleva fare una simile promessa, consapevole del peso che avrebbe avuto. Si inizia sempre così, concedendo un piccolo cambiamento e poi ci si ritrova travolti da mille pretese, ogni volta più grandi.
Toccò più volte il vestito e, nonostante lo stile fosse lontano dal suo, dovette ammettere che era morbido e caldo.

«Che tessuto!» esclamò, passandoselo anche sul viso, «Dove l'hai preso?»
Rosina si irrigidì ripensando alla signora delle stoffe. Dora non l'aveva più aggiornata il che voleva dire che la vicenda aveva preso una brutta piega.
«Era di Rosina.» venne in suo aiuto Dora «Io l'ho solo sistemato con un po' di tessuto che mi era avanzato da vecchi lavori.»
L'anziana rivolse un sorriso pieno d'affetto all'amica e la strinse a sé con tenerezza. Provò tanta tristezza nel pensare che Rosina, così sensibile e buona, per aiutare un'altra donna, aveva in realtà fornito involontariamente a quest'ultima lo spunto perfetto per il suo delitto.

ALTRE OPERE DELLA STESSA AUTRICE

Con la speranza che queste indagini minori di Carlos Ruggieri abbiano fatto trascorrere del tempo piacevole a voi lettori, vi ricordo che potete leggere altre avventure dell'investigatore privato e della sua assistente.

È STATO UN INCIDENTE:

"Non è stato un incidente! È molto semplice uccidere, quando nessuno pensa a un omicidio. Cosa c'è di sospetto in un anziano che cade dalle scale? Nulla. Qual è il posto con il più alto tasso di mortalità? Le case di riposo, naturalmente."

Infatti, l'investigatore privato Carlos Ruggieri si dovrà confrontare con la morte di un anziano che all'apparenza non ha nulla di strano e sembra essere del tutto accidentale. Ma è bene ricordare che anche un luogo tranquillo, come una casa di riposo, può nascondere numerosi segreti...

UNA FAMIGLIA QUASI PERFETTA:

Come non invidiare la famiglia Simonelli? Hanno proprio tutto! Elena e Ferdinando sembrano una coppia appagata, i loro tre figli sono impeccabili e dal punto di vista economico non si possono certo lamentare. Eppure una morte del tutto imprevista sgretolerà, un pezzetto alla volta, la facciata di perfezione assoluta che era stata costruita negli anni con una cura quasi maniacale.

Lightning Source UK Ltd.
Milton Keynes UK
UKHW041933170123
415517UK00006B/835